朗格彩色童话集

橄榄色童话

Ganlanse Tonghua

[英]安德鲁·朗格 编著

刘艳春 译

内蒙古少年儿童出版社

图书在版编目（CIP）数据

橄榄色童话 /（英）安德鲁·朗格编著；刘艳春译
. -- 通辽：内蒙古少年儿童出版社，2021.7
（朗格彩色童话集）
ISBN 978-7-5312-4971-9

Ⅰ.①橄… Ⅱ.①安… ②刘… Ⅲ.①童话—作品集
—世界 Ⅳ.①I18

中国版本图书馆CIP数据核字（2021）第071630号

朗格彩色童话集

橄榄色童话

[英]安德鲁·朗格/编著　　刘艳春/译

责任编辑：丁　雪
封面设计：张合涛
出　　版：内蒙古少年儿童出版社
地　　址：通辽市科尔沁区霍林河大街312号
邮　　编：028000
电　　话：（0475）8219305
印　　刷：保定市海天印务有限公司
开　　本：787mm×1092mm　1/16
印　　张：10
字　　数：103千字
版　　次：2021年7月第1版
印　　次：2021年7月第1次印刷
书　　号：ISBN 978-7-5312-4971-9
定　　价：32.00元

目 录
contents

橄榄色童话

橄榄色童话

国王的女儿——基尔露格

　　一天，一位国王和美丽的妻子一起坐在王宫的花园里，他们身边放着一个精致的金色摇篮，里面躺着他们年幼的儿子。国王和王后正在为儿子的未来，而热切地交谈着。他们结婚很多年了，好不容易才有了这个孩子，所以他们觉得自己是全世界最幸福的人。孩子长得五官清秀，身体也棒棒的，躺在摇篮里时总是喜欢踢踢腿，或者挥动着小小的拳头。虽然他还那么小，但他的父母相信他会成为世界上最完美的人。为了给儿子计划美好的未来，他们几乎付出了全部的精力和心思，却丝毫没有发觉一个庞大的阴影，已经将他们笼罩。一个可怕的大脑袋和两排闪着寒光的牙齿，突然出现在他们头上，还没等他们反应过来，他们的心肝宝贝就消失了。

　　国王和王后惊得目瞪口呆，像雕塑一样呆呆地站在原地，一句话都说不出来。过了很久，国王才慢慢地站起来，伸手扶住了妻子。王后悲伤地抽泣着，两个人搀扶着走向王宫。从那以后，大臣们很长时间都没见过他们。

抓走孩子的是一条恶龙。它在高空中飞舞的时候，嘴里叼着的那个孩子仍然沉浸在甜美的梦乡里，根本就不知道发生了什么。恶龙飞得很快，没多久就飞到了另一个王国的上空。此时，该国的国王和王后正好也坐在花园里，放在他们旁边的是一个盖着白缎子的精美的摇篮，里面躺着一个小女孩。恶龙如法炮制，企图像刚才一样猛扑下去，把这个小女孩也抢走。但是就在它抓住摇篮的一瞬间，国王迅速跳了起来，挥舞着锋利的金剑用力地刺向它。恶龙忍不住后退了一步，在剧烈的疼痛下，它不得不放下了嘴里叼着的摇篮。为了保住自己的小命，它急匆匆地拍着翅膀飞上了天。

"好险啊！"国王说，扭过头来看着他的妻子。王后被吓了一大跳，脸色煞白地呆坐在那儿，紧紧地搂着心爱的女儿不敢松手。

"太恐怖了，"她小声嘟囔道，"瞧，是什么在发光？"

"啊，这肯定是那个魔鬼偷来的孩子，就像他偷我们的基尔露格一样。"国王喊道。他弯下腰，发现孩子身上裹着一条质量上等的亚麻布带，上面还有一行字："这是格雷萨里，国王格雷萨里的儿子！"

这原本是两个相邻的国家，但自从几年前两个国王大吵一架后，他们就彻底一刀两断了。所以，他没有派信使去告诉格雷萨里国王，他的儿子还活着，而是收这个孩子为义子，让他和基尔露格一起长大。

前几年，这两个孩子一直生活得无忧无虑。但后来，王后再也没有办法陪他们一起玩耍了，也不能和他们一起在花园里赛跑或者捉迷藏了，只能躺在一堆柔软的垫子上，静静地看着他们，渐渐地，就连这个也无法做到了。王宫里所有的人都必须小声地说话，就连基尔露格和格雷萨里去王后的房间时也是轻手轻脚的。终于，在一个早晨，国王告诉他们，王后去世了。国王的眼睛哭得红通通的。

得知这个消息后，两个孩子流下了伤心的眼泪。他们深爱着王后，失去了她，他们感觉天都要塌了，连生活都失去了意义。负责照顾他俩的是一位心地善良的老女仆，她一直和他们一起住在一座塔里（这座塔是国王在他们很小的时候特意修建的）。每当国王公务繁忙或外出巡视的时候，她总是让孩子们过得很开心，并精心地教给他们作为公主和王子必须学习的知识和本领。两三年后的一天，当两个孩子眼巴巴地等着父亲从一个遥远的城市回来的时候，一位骑着马的通信官风驰电掣地赶到了王宫。国王还没回来，他派这位通报官先来告诉这两个孩子一声，他们的父亲很快就要带着刚娶的妻子回来了。

事实上，国王再娶一点儿也不奇怪，也没什么可怕的。但是照顾两个孩子的老婆婆一下子就看出来了，这个新王后虽然长得貌若天仙，实际上却是一个可恶的女巫。明眼人很容易就能看出来，她嫉妒分享她丈夫的爱的所有人。对基尔露格和格雷萨里来说，这无疑预示着灾难。意识到自己肩上的重担后，忠诚的老婆婆几乎整晚睡不着觉。

国王和王后结婚几个月后，这个国家和另一个国家爆发了一场激烈的海上战争，国王亲自率兵去迎战。老婆婆觉得忐忑

不安，她一直担心的事终究还是发生了。

一天晚上，老婆婆竟然沉睡不醒，后来她才意识到一定是有人在她的食物里下了药。没错，一定是王后干的！谁都不知道她到底做了什么，但是当第二天太阳升起来的时候，基尔露格和格雷萨里就莫名其妙地消失了，没有一个人知道他们到底去哪儿了。

天刚亮的时候，王后召集了几个士兵，告诉他们自己做了个梦，并且有人在梦中警告她一只野兽将给她带来厄运。因此，王后命令士兵把王宫外方圆 20 米以内的所有动物都杀死，一只都不能放过。他们发现了两匹黑色漂亮的小马驹，非常适合用来做国王的坐骑，觉得杀死它们实在是太可惜了。再说，这两匹小马驹能伤害谁呢？所以，他们大发慈悲，放了这两匹小马驹，它们又可以在一望无际的草原上欢快地奔跑了。完成任务后，士兵们返回了王宫。

"你们什么都没发现吗？你们确定吗？"士兵们一回到王宫就立刻去向王后复命，她反复地追问道。

"真的没有，陛下。"士兵们回答道，但王后根本不相信。当这些士兵离开后，她给侍卫下了个命令，在晚餐时热情地劝说那几个士兵喝烈酒，因为这样他们才会说真话。她还让侍卫严密地监听他们的酒后真言，一字一句都要向她汇报，一个字都不能遗漏。

"一切都是按陛下的吩咐做的。"当天晚上，在王后的批准下，侍卫进入了寝宫，并对王后说，"您神机妙算，他们的确说了实话。我从头听到尾，但是他们对救两匹小马驹的事儿一个字都没提。"他喋喋不休地说着，但被王后眼中熊熊燃烧的怒火吓住了。他匆忙地鞠了一躬，一溜烟儿地消失了。

一个星期后，国王凯旋，看见所有的大臣都来迎接他，觉得非常高兴。

"说不定，她又可以冲人大喊大叫了，"宫里的随从们暗地里议论纷纷。他们口中的"她"指的是王后，这些天她一直对侍卫们大吼大叫。但是她到底为什么生气，根本就没有人知道。不管怎么样，由国王来管理这个国家，比王后当国家的主人好得多。很可惜，事情的发展超出了所有人的预料：他们高兴的时间并不长，因为在国王回来的当天晚上，王后就迫不及待地告诉了他自己的那个梦，并恳请国王第二天上午就去杀死城里方圆 20 米以内的所有动物。

国王一向对王后千依百顺，所以爽快地答应了王后的请求。但是第二天一大早，他骑着马还没走出王宫外环绕着的花园，就被两只蓝色的小鸟深深地吸引住了。它们栖息在结着红色浆果的冬青树上，悦耳的鸟鸣声让国王产生了一种似曾相识的感觉，他突然想起了过去曾发生的一切美好事物。一个小时过去了，两个小时过去了……鸟儿还在不停地歌唱着，国王仍然全神贯注地聆听着，他怎么都想不到这两只鸟竟然就是基尔露格和格雷萨里。直到天黑了，鸟儿才闭上了嘴巴。国王突然意识到，他违背了对王后的承诺。

"亲爱的，快告诉我你看到什么了？"国王刚回宫，王后就急匆匆地问道。

"哦，亲爱的，真的很抱歉，我甚至不敢承认。事情是这样的，我骑马还没走出西大门，就看到了两只奇怪的蓝色小鸟，它们的歌声实在是太美妙了，我简直什么都不记得了。可能我说了你也不会相信，但是一直到天黑，我才猛然发现自己身在何处、所为何事。别生气，明天，不管想什么办法，我一定会满足你的愿望。"

"不需要了，再也没有什么明天了。"王后轻声说道。她转过头来，眼睛里闪烁着怪异而冷漠的光芒。她的声音太小了，国王一个字儿都没听清。

当天晚上，为了庆祝来之不易的胜利，王宫里举办了隆重的宴席。之前被王后派去捕杀动物的三个士兵的主要任务是保护王后的安全，国王对他们深信不疑。在宴会上，他们一般会坐在国王的身边，因此王后不费吹灰之力就能在他们的酒杯里下毒。

第二天上午，王宫里乱成了一锅粥，因为尊敬的国王死了，坐在他身边的三个士兵也死了。当然，哭得最伤心的莫过于王后，她的哀号在整个王宫萦绕不绝。

肃穆的葬礼结束后，王后告诉手下她要自己一个人在一个遥远的城堡里为国王守丧。她指派一个人管理国家事务，然后带了一个知道她所有秘密的女仆离开了王宫。

刚走出王宫，王后就迫不及待地开始实施魔法，想知道基尔露格和格雷萨里现在变成了什么样。幸好家庭教师曾经教过基尔露格公主一些法术，当她知道王后的阴谋后马上把自己变成了一条鲸鱼，并且把格雷萨里变成了鲸鱼的鱼鳍。就这样，王后变成一条鲨鱼疯狂地捕杀他们。

鲸鱼和鲨鱼之间的这场战争持续了好几个小时，整个海面都变成了鲜红色的，一会儿是鲨鱼占上风，过一会儿则是鲸鱼占优势。最后，就连在旁边观战的小鱼群都看出来了，鲸鱼才是真正的胜利者。

没错，战争结束时，鲨鱼浮在海面上一动不动，它死了，再也不能伤害任何人了。鲸鱼同样精疲力竭，用尽了全部的力气才拖着伤痕累累的身体游到了平静的小海湾。它在那里躺了三天，就像死了一样，一动不动。三天后，鲸鱼好不容易恢复了体力，开始思考以后的生活。

"我们去你父亲的王国吧。"基尔露格对格雷萨里说。此时，他们都已经恢复了原形，坐在海边高高的峭壁上。

"你太聪明了，我怎么没想到这个呢。"格雷萨里高兴地说，他的确有点迷迷糊糊的。基尔露格从衣服里拿出了一个小盒子，把里面的白色粉末撒在他们两个身上，接着，他们就像一道闪电，唰的一下就站在了格雷萨里父亲王宫的院子里。在很多年前，恶龙就是从这里掳走格雷萨里的。

"把那条写着金字的布带拿出来绑在头上，"基尔露格说，"勇敢地向前面的城堡走过去吧。但是一定要记住，就算你非常口渴，在和你父亲说话之前一滴水都不要喝。如果你喝了，我们就会倒大霉。"

"我为什么会觉得口渴呢？"格雷萨里反问道，惊讶地盯着她，"要不了五分钟，我就会走到城堡的大门口。"

基尔露格什么话都没说，眼睛里却闪过了一丝悲哀的光芒。对格雷萨里说了一声"再见"后，她就转身离开了。

格雷萨里说得没错，到达城堡根本就用不了五分钟。但让他更惊讶的是，城门敞开着，从外面甚至可以看到里面窗帘的颜色，但无论他费多大的力气，都无法靠近大门口一步。太阳火辣辣地照着，格雷萨里觉得嗓子马上就要冒烟了，舌头也快被烤化了。

　　"真是搞不懂，我到底怎么了——为什么这么久都进不了城堡呢？"他自言自语道，摇摇晃晃地往前走，连头脑都开始不清醒了。

　　就在他像无头苍蝇一样拼命地往前冲的时候，他突然听到了水流的哗哗声。在树旁小树林的后面，一股清泉从岩石的缝隙中涌了出来。一看到水，格雷萨里就把基尔露格的嘱咐和自己的保证忘得一干二净。他激动地冲向水潭，就连被荆棘划破了衣服也没察觉。他站在泉水边，迫不及待地取下悬挂在树枝上的金水杯，舀了满满一杯，一仰头喝完了。

　　奇怪的是，当他再站起来的时候，关于基尔露格和他自己过去的所有事情全都不记得了。他只看见一对白发苍苍的老夫妻伸出双臂向他走过来，这情景让他的内心激动不已，久久不能平复。

　　"格雷萨里！格雷萨里！你终于回来了，我的孩子。"他们亲切地呼唤着。

　　和格雷萨里分手后，基尔露格站在原地等了整整三个小时。后来，她终于知道发生了什么。基尔露格心里很难受，但她知道自己该怎么做，于是，沿着王家花园的高墙一直走啊走，后来走到了护林人居住的一间小房子前，这里住着护林人和他的两个女儿。

　　"请问，你们需要一个女孩帮你们打扫卫生、挤牛奶吗？"基尔露格轻轻地敲了敲门，对来开门的护林人的女儿说。

　　"没错，我们的确需要。你的样子又健康又整洁，如果你愿意，可以留下来做我们的女佣。"开门的女孩说，"但是现在，我必须知道你的名字。"

"洛弗尔塔。"基尔露格爽快地回答道。她不希望任何人知道她的名字。新主人带她进屋后，她立即请求主人教她干活。她的心灵手巧很快就传遍了整个王国：护林人家的女佣是一个外地小女孩，她的美貌和技能都让人赞赏不已。

一年又一年过去了，基尔露格变成了大姑娘。格雷萨里经常到森林里来打猎，所以基尔露格总能看见他。但是只要格雷萨里一露面，基尔露格就赶紧躲到大树后面。格雷萨里已经不记得她了，基尔露格觉得伤心极了。

有一次，她采草药的时候，格雷萨里突然走了过来，基尔露格来不及藏起来，只好傻傻地站在那里。她把脸和手都染成褐色，还用一块紫红色的头巾把满头的秀发裹得严严实实的。格雷萨里压根儿就没认出来，眼前这个姑娘就是他青梅竹马的干妹妹。

"漂亮的姑娘，你叫什么名字？"他问。

"洛弗尔塔。"她一边回答，一边恭敬地行了个屈膝礼。

"天啊，原来是你啊，我早就听说过你。"他说，"你长得这么漂亮，为什么要在护林人家浪费时间呢。我看，你和我一起进宫吧，你可以做我母后的侍女。"

"听起来不错，"那个姑娘回答道，"如果你是真心的，我可以跟你进宫。但是你怎么能证明自己不是在开玩笑呢？"

"你有什么需要我做的吗，任何事都可以。"年轻人急切地喊道。

基尔露格低下头，思考了片刻说道："这样吧，你先把小

牛牵到牛棚里拴好，晚上它就不会到处乱跑了。我的主人们对我非常好，我不想半途而废，我得把活儿干完再走。"

于是，格雷萨里走进了牛棚，用绳子把小牛的角捆得紧紧的。当他把牛拴在墙上时，一团绳子突然自动卷了起来，把他的手捆得牢牢的，不管他怎么挣扎，都没法把手拔出来。格雷萨里苦苦挣扎了一晚上，累得浑身都要散架了。奇怪的是，当第二天天亮时，绑着他的手的绳子又突然松开了。格雷萨里的双腿像灌了铅一样，慢慢地走回了王宫，一路上还在暗地里埋怨那个姑娘。

"她是个女巫，"他生气地说，"我再也不搭理她了。"

回到寝宫后，他倒头就睡，整整睡了一天。

没过多久，国王和王后派他们最疼爱的儿子出使邻国，从邻国的七位公主中选择一位结婚。他毫不犹豫地选了最漂亮的那位。然后，格雷萨里带着自己的爱人乘船回国，拜见父母。他们一路上非常顺利，很快就来到了离港口最近的城堡，比计划的时间提前了好几天。一辆华丽的马车正在岸上等着他们，却没有拉车的马匹，为了儿子的婚礼，国王正在进行一场盛大的检阅仪式，所有的马匹都被派上了用场。

"我绝对不可能在这里等一晚，"当格雷萨里向公主解释一番后，她立刻变得烦躁不安，"我都快累死了，不管你想什么办法，赶紧找个东西来拉车，哪怕是驴也可以。如果你做不到，我就马上坐船回家。"

听了公主的话，格雷萨里非常担心。当然，并不是因为他多么深爱她，在这次的旅行中，他就见识到了公主的蛮横无理和虚荣霸道。但是没办法，作为王子和新郎官，他不愿意让公主觉得自己受了委屈。他立刻吩咐手下去找拉车的牲畜，找到后就马上带来。

接下来，他们唯一能做的事就是等待。公主坐在精致的金色沙发椅上，把身上穿着的那件装饰着银蜜蜂的天鹅绒斗篷裹得紧紧的，甚至把脸都遮住了。等了很久很久，一个侍卫终于出现了，跟在他后面的是一个赶着牛的姑娘，侍卫正在急切地说着什么。

"美丽的姑娘，能把你的牛借给我吗？"格雷萨里激动地跳起来，走了过去。"只要你答应借给我，你要多少钱都行。你知道吗，国王的儿子可从来没有遇到过这样的麻烦事。"

　　"我只有一个条件：我想和我的两个姐姐一起去参加你的婚礼，你必须给我们留三个位子，而且我们要坐在你和新娘后面。"她缓慢地说道。格雷萨里毫不犹豫就答应了。

　　千万别小看这头小牛，就是六匹马加起来，也未必有它跑得快。马车跑得像闪电一般，公主觉得头晕目眩，生怕出什么危险。虽然她很担心，但好在一切顺利，他们安全地抵达了王宫。国王和王后大吃一惊，然后立即吩咐人们开始准备婚礼。到周末的时候，一切都已经准备就绪。这段时间公主一直忙着挑选礼服和珠宝，根本就顾不上格雷萨里，所以在婚礼的前一天，格雷萨里甚至已经忘了公主的尖酸和无礼。

　　当仪式举行的时候，就连这座城市里最年长、最有见识的人也忍不住称赞道，他们这辈子还从来没有见过这么壮观的婚礼。在婚礼开始前，人们在大殿举行了盛宴。公主高兴极了，觉得所有的人都注视着她，她不停地微笑着，向人们鞠躬致意。她牵着新郎的手，像一只高傲的大公鸡一样穿过宽敞的大厅，和王子一起坐在首席的位置。

公主刚刚坐下，三个分别穿着蓝色、绿色和红色衣服的陌生姑娘就偷偷溜进了大厅，坐在这对新人的后面。那个红衣女子就是基尔露格，她一只手拿着白桦木手杖，另一只手上提的则是一个用布盖着的篮子。另外两个姑娘就是她的结拜姐妹。

宴会进行的时候，三个姑娘一直坐在那里静静地听着，几乎没有人看到她们。而且就算有人看见她们，也会很自然地把她们当成王后的婢女。就在欢乐的气氛即将达到高潮的时候，惊人的一幕发生了：基尔露格打开手中的篮子，一只公鸡和一只母鸡飞了出来。更令人惊讶的是，这两只鸡竟然在大庭广众之下疯了般追赶着、厮打着。公鸡疯狂地拔母鸡身上的羽毛，母鸡拼命地挣扎，却怎么也甩不开。

"你是想像格雷萨里对基尔露格一样，对我那么无情无义吗？"母鸡突然大声喊了起来。格雷萨里听到这句话后，惊得眼珠子都快掉到地上了。一瞬间，所有的往事就像潮水般涌上了他的心头：公主消失了，浮现在他眼前的是很久很久以前，和自己朝夕相处、青梅竹马的小女孩的模样。

"快告诉我，基尔露格在哪里。"格雷萨里大叫着，四处寻找着熟悉的面庞。然后，一个陌生的红衣女子出现在他面前。基尔露格微笑着拿出了一枚戒指，那是十二岁那年格雷萨里送给她的生日礼物。那时的他们还都是单纯的小孩子，根本就不知道以后会发生什么。

"你才是我真正的妻子。"格雷萨里轻轻握住基尔露格的手，走到了人群中央。

接下来的情形简直超出了所有人的想象。当然，谁都不知道此前到底发生了什么，国王和王后还以为他们的儿子突然疯了。而那位新娘呢，她气得脸都绿了，变得疯疯癫癫的，像变了个人一样。客人们一看情况不妙，赶紧都告辞了。

最后，事情总算是有了一个圆满的结局：作为补偿，蒙受了奇耻大辱的公主得到了这个国家一半的领土，但她没有了丈夫。她立即打道回府，没多久就和一个年轻的贵族订婚了。事实上，和格雷萨里相比，这个才是她的心爱之人。那天晚上，格雷萨里和基尔露格结婚了，他们相亲相爱、一直到老。

一个关于"吹牛"的故事

　　一天，一个粮贩子兼银行家走在乡间的小路上，遇到了一个朝同一个方向走的农夫。商人大多贪得无厌，这位银行家也不例外，他总是不放过任何能赚钱的机会。但是今天他一无所获，所以觉得非常郁闷，看到农夫的一瞬间，他觉得天上掉下了个大馅饼。

　　"我的运气真不赖，"他得意扬扬地说，"让我瞧瞧这个老兄有什么弱点。"说完，他加快步伐，追了上去。

　　他们俩客气地相互打了招呼后，银行家打开了话匣子："我刚才还觉得无聊呢，幸好遇到您了，我觉得在您的陪伴下，接下来的路程肯定没那么遥远了。"

　　"没错，"农夫答道，"但是我们应该聊些什么呢？您是城里人，应该对我们乡下的牲畜和庄稼没什么兴趣吧。"

　　"哦，"银行家提议道，"我来告诉你怎么办。我们每个人都发挥自己的想象讲一个故事，越离奇、越荒唐越好。如果谁的故事令对方产生怀疑，那么就要心甘情愿地付给对方 100 卢比。"

农夫答应了。银行家年长，所以农夫让他先讲。而且他暗暗发誓，不管银行家讲什么故事，他都要装作百分之百的相信。于是，比赛开始了，银行家先开口了：

"有一天，我正在这条路上走着，看见一位商人带着一支长长的骆驼队，每个骆驼背上的货物堆得像小山一样高。"

"这有什么好奇怪的？"农夫轻声说道，"这样的情景我经常看到。"

"总共有 101 只骆驼，"银行家接着说，"它们全都被鼻环连在一起——从鼻子到尾巴——在路上，它们足足排了 100 米。"

"是吗？"农夫说。

"嗯，这时候，一只风筝突然像饿虎一样向领头的那只骆驼扑了过去。骆驼觉得很厌恶，于是开始拼命地挣扎，后来它飞到了天上，排在它后面的那一百只骆驼也飞上了天，因为它们被鼻环连在一起。"

"这简直太神奇了，那风筝的力气可真大呀。"农夫赞叹道，"但是——好吧——没错，的确如此，没错——101 只骆驼——那么风筝后来把它们带到哪里了？"

"你不相信吗？"银行家问道。

"我当然相信。"农夫表现出一副诚心诚意的样子。

"后来，"银行家继续说，"恰好邻国的一位公主正坐在她的私人花园。女仆正在为她用力地梳头，所以公主不得不仰着头。谁知道，那只可恶的风筝带着它的猎物正好飞过她的头顶。事情就是那么巧，骆驼偏偏在这时候用力地踢了风筝一脚，风筝一下子失去了平衡，所以那101只骆驼刚好掉进了公主的左眼中。"

"太可怜了。"农夫说，"东西掉进眼睛里真的特别疼。"

"然后，"银行家继续吹牛，竭尽全力以达到自己的目的，"公主用力地摇晃自己的脑袋，用一只手拍打左眼。'啊，天哪！'她惊喜地叫喊着，'有东西掉到我眼睛里了，这感觉太棒了！'"

"的确如此！"农夫说，"就是这样。接下来，这个可怜的小家伙怎样了？"

"她大声地叫喊，女仆听到后立刻过来帮忙。'让我看看，'女仆说，她猛然伸出一只手，从公主的眼睛里拉出了一只骆驼，然后把它装进了自己的口袋里——（农夫突然'啊'了一声）——然后她牵起头巾的一角，连续从公主的眼睛里钩出了另外100只骆驼，并且像刚才一样，把它们全都装进了自己的口袋。"

讲到这里，银行家已经累得上气不接下气。但是，农夫仍然冷静地看着他，问道："接着呢？"

"我实在不知道该怎么讲下去了，"银行家回答道，"就让它成为故事的结尾吧。你觉得如何？"

"再好不过了！"农夫回答道，"还有什么可怀疑的，这个故事简直跟真的一样。"

"好了，现在轮到你讲了，"银行家说，"我非常愿意听你的故事，我觉得肯定有趣极了。"

"但愿如此吧。"农夫开始讲了起来。

"我父亲是个有钱的农夫。他有五头母牛，三对同轭公牛，几只水牛，还有一群山羊。而他最喜欢的是一匹母马，这匹马喂养得非常好，非常漂亮。"

"行了，行了，"银行家不耐烦地打断了他，"赶紧接着说。"

"别催我，我正要接着说呢，"农夫回答道，"很可惜，有一天他骑着母马去赶集，但是马鞍太旧了，所以弄伤了马。回家后，他才发现马背上出现了一块手掌大小的伤疤。"

"啊，"银行家急切地说，"然后呢？"

"当时正好是六月份，"农夫说，"您也知道，六月份经常会有沙尘暴，也经常下雨。母马的伤口被扬起的尘土覆盖住了，而且尘土中还夹杂着小麦粒。就这样，土壤、热量和水分全都具备了，麦子就发芽了，而且长得又快又好。"

"如果条件合适，麦子很快就会长高。"银行家说。

"没错。后来，我们在这匹马的背上发现了一件奇怪的事：那块伤疤上竟然长出了很多小麦，密密麻麻的，抵得上一百英亩地呢。所以为了收割，我们足足雇了 20 个人。"

"大多数人在收割的时候都需要雇人。"银行家说。

"你知道吗，我们从那匹母马的背上收割了 400 莫恩德（每莫恩德等于 82.28 磅）小麦。"农夫接着说。

"大丰收啊！真不错！"银行家自言自语道。

"就在这时候，一个肚子饿得咕咕叫的可怜虫来找我父亲，"农夫说，"他就是你的父亲（银行家不屑地哼了一声，很快又变得安静了）。他双手合拢，讨好地对我父亲说……"

听到这里，银行家再也无法控制自己的怒火，恶狠狠地瞪着农夫，但仍然咬紧牙关，努力保持平静。

"我已经饿一个星期了。我亲爱的主人，能贷给我 16 莫恩德小麦吗？请放心，我一定会还给您的。"

"'当然没问题啦，我的邻居，'我父亲说，'你拿走吧，如果能还就还。'"

"真的吗？"银行家眼睛里的怒火已经熊熊燃烧起来了。

"没错，他的确把小麦拿走了。"农夫说道，"但他早就忘得一干二净了，根本就没还过，这笔账我到现在还记得呢。有时候我甚至还在想，到底要不要去法庭告他。"

这时，银行家再也听不下去了，他手指一掐，嘴唇翕动着，开始计算起来。

"怎么啦？"农夫问道。

"麦子便宜，我直接还给你麦子，怎么样？"银行家回答道。但在一瞬间，他突然想起了自己先前所说的话，顿时陷入了绝望，一个字都说不出来。因为他输了，必须付给农夫 100卢比，这根本就是偷鸡不成反蚀把米。

这一带的人至今仍保持着这样一个传统，如果有人欠债不还，债主就会告诉他："赶紧还钱，实在不行，就还给我小麦吧。"

可怕的咒语

在很久很久以前，一对母子住在深山的一间小茅草屋里相依为命。虽然儿子已经20多岁了，却像个刚出生的婴儿一样，头顶上光秃秃的，几乎没什么头发，为此母亲担忧不已。别看这孩子已经成年了，却整天吊儿郎当的，什么正事都不做，不管母亲安排他做什么，他都不想干，总是三天打鱼两天晒网，干几天就回家了。

在一个晴朗的夏天的早晨，年轻人又和以前一样，懒洋洋地躺在茅草屋前的一个小花园里。正在这时，苏丹王的女儿恰好乘着车子经过这里，后面还跟着一群穿着光鲜华丽的女子。年轻人慵懒地用胳膊肘支撑着身体，用余光扫了公主一眼。仅仅只有一眼，就让他的性情发生了一百八十度的大转变。

"我这辈子非她莫娶，不达目的誓不罢休。"他在心里暗暗发誓。然后他精神抖擞地一跃而起，兴冲冲地去找母亲。

"您必须立马就去求见苏丹王，对他说我要和他的女儿结婚。"他兴奋地说。

"你说什么？"母亲吃惊地大喊道，简直不敢相信自己的耳朵。她不由自主地后退了几步，在角落里蜷缩成一团。她实在想不通，儿子的脑子里为什么会突然蹦出如此惊人的想法，唯一可能的解释就是他疯了。

"您难道没听清楚我的话吗？您立即就去求见苏丹王，对他说我要娶她女儿。"年轻人不情愿地重复了一遍。

"但……但是，你知道自己到底在说什么吗？"母亲结结巴巴地说，"你连最起码的一技之长都没有，你全部的财产就是你父亲留给你的五枚金币。你觉得苏丹王会把女儿嫁给你这样连头发都没有的穷光蛋吗？"

"您只要按照我说的去做就行了，其他的事我自己会负责，不用您操心。"终于，母亲受不了儿子日夜不停地折磨，只好绝望地穿上自己最珍贵的衣服，戴上面纱，迈着沉重的步伐走出了山谷，来到了王宫。

这一天正好是苏丹王接见老百姓、倾听民怨和请求的日子，所以老妇人很容易就见到了苏丹王。

"尊敬的陛下，首先您要相信我不是个疯子，"老妇人慢慢地说，"虽然我看起来和疯子差不多。事情是这样的：我有一个儿子，自从他偶然见到公主的花容月貌后就整天缠着我，所以我现在才不得不厚着脸皮来请求您同意让他们结婚。我一直劝他打消这个念头，并且告诉他我有可能会因为提出这个过分的请求而掉脑袋，但他一个字都听不进去。现在我斗胆站在您面前，无论您想怎么处置我，我都毫无怨言。"

　　苏丹王一直对那些稀奇古怪的事情很感兴趣，这件事对他来说还真的是闻所未闻，所以他没有和其他国王一样，命人狠狠地鞭打眼前这个已经吓得浑身发抖的老妇人，或者干脆把她关进牢房，而是说："把你儿子带来，让我看看。"

　　苏丹王的话音刚落，老妇人就惊恐得瞪大了眼睛。接着，苏丹王用更加温柔的语气重复了一遍，并且看起来一点儿都没生气。老妇人这才松了一口气，鼓足勇气向苏丹王深深地鞠了一躬，然后就急匆匆地赶回了家。

　　"苏丹王答应了吗？"她刚走进家门，儿子就急不可耐地问道。

　　"你赶紧去王宫，苏丹王要亲自见你，你还是自己跟他说吧。"母亲回答道。听到这个好消息，小伙子眼睛都发光了。

母亲目不转睛地盯着自己的儿子，暗自想道：要不是因为没有头发，他其实还是很英俊的。

"太好了，我马上就像火箭一样冲过去。"他兴奋地大喊一声。说完，他就一溜烟地跑了。

当那个想娶自己宝贝女儿的人站在面前时，苏丹王彻底打消了那种开玩笑的念头，满脑子只想着一件事：想尽一切办法让这个不受欢迎的人立刻消失得无影无踪。但是回过头一想，毕竟是苏丹王自己提出要见年轻人的，即便是赶他走，也得找个合适的理由，于是他说："听说你想和我女儿结婚？好啊。但是如果想成为我的女婿，就必须答应我一个条件：把全世界所有的鸟儿都抓到王宫里来，放在花园里，因为从来没有鸟儿在那里筑巢呢。"

听了苏丹王的条件后，年轻人如同被浇了一盆凉水，因为他不知道怎样才能抓到所有的鸟儿。而且就算他抓到了所有的鸟儿，但要把它们送进王宫，压根儿就没有人知道需要多长时间。虽然明知是一个几乎不可能完成的任务，但他不想让苏丹王觉得他不愿意做出任何牺牲就放弃公主。为了维护自己男子汉的尊严，他告别了苏丹王，离开了王宫，沿着一条路漫无目的地往前走，边走边想，压根儿就不知道自己到底要到哪儿去。

就这样走啊走，年轻人走了一个星期。突然，他发现自己正在一片无边无际的沙漠里穿行，四周遍布着硕大无比的石块。而在岩石投下的阴影处，一位托钵僧正静静地在那儿打坐。他向年轻人招了招手，让年轻人坐到自己身边。

"你有什么烦心事吗？我的孩子，"僧人和蔼地说，"说说吧，没准我能帮上忙呢。"

"好的，长老，"年轻人回答道，"我想和公主结婚，但是苏丹王说，除非我把所有的鸟儿都带到王宫的花园里，否则就不让我娶公主。可是，不管是我，还是这世界上的任何一个人，谁能做到这件事呢？"

"别丧气，"僧人说，"我觉得这并不是什么难事。从这儿继续往前走两天，你就会在夕阳普照的小径上看见一棵柏树，这算得上是全世界最高大的树了。你要坐在树荫最浓密的地方，离树干近点，一动不动，千万别发出一丁点声音。过一会儿，你就会听到翅膀扑棱的声音，动静非常大；接着，全世界所有的鸟儿都会飞过来，栖息在枝头。等到万籁俱静的时候，只要你喊一声'马达斯冲'，鸟儿们就会像被点了穴一样，无论它们在哪儿，都立马动弹不了了——没有一只鸟儿能逃脱。这样的话，你就能把它们全部抓住了，放在头上、胳膊上和身上，只有这样你才能把它们带到苏丹王面前。"

年轻人听了后欣喜若狂。他激动地向僧人道谢，全神贯注地盯着前方的路。几天后，一个被五颜六色的羽毛遮得严严实实的怪物出现在苏丹王面前。苏丹王大吃一惊，这到底是怎么回事？他还是第一次见识到这种盛况呢！小鸟儿多可爱啊，眼睛简直像水晶一样亮晶晶的，只是轻轻地碰一下，所有的翅膀全都张开了，有蓝色的、黄色的、红色的、绿色的……五彩缤纷，看得人眼花缭乱。年轻人低声说了一句"去吧"，鸟儿们先是在苏丹王的头顶上盘旋了一会儿，然后就从打开的窗子飞了出去，在宽敞的花园里寻找自己的新家。

"我已经按照您的吩咐做了。苏丹王，现在您可以兑现您的承诺，把女儿嫁给我了吧。"年轻人说。

然而，苏丹王焦急地回答道："没错，你做到了，我也觉得高兴极了。现在还有一件事，如果做好了，你就会成为所有女孩子心目中的白马王子。你也知道，你的头发实在是太少了！如果你能拥有一头浓密的卷发，那我就答应让你娶我女儿。你是个聪明人，这件事绝对难不倒你。"

年轻人耐心地听完了苏丹王的话。在之后的几天里，他只是静静地坐在母亲的厨房里，一言不发，直到有一天上午得知公主很快就要和大臣的儿子订婚，并且婚礼马上就会举行的消息。他愤怒地站起身来，夺门而出，从一扇只有建筑维修工人才能出入的侧门潜入了清真寺，然后沿着通往大殿的画廊进入了王宫。他看见新娘、新郎和两三个朋友围坐在一起，正在等着苏丹王来签署婚约。

"马达斯冲！"年轻人轻轻地喊了一声。几乎就在一瞬间，所有的人都像雕像一样站在原地一动不动。苏丹王派来的信使也同样没有逃脱这个噩运。

信使迟迟没有音讯，不耐烦的苏丹王不得不亲自去一探究竟。没有一个人能告诉他到底发生了什么事，所以他只好派随从找来了住在城门边的一位魔法师，让他解除这个可怕的咒语。

"这一切都是您的错，"魔法师听苏丹王讲完了事情的来龙去脉后说，"如果您当初说话算话，您的女儿就不会遭此大难了。现在，救她的唯一的办法就是，赶紧让那个年轻人和她结婚。"

苏丹王心如刀割，但他没有任何选择，只好按照魔法师说的做，立马派自己最信任的仆人快马加鞭去找那个年轻人，并让他来王宫一趟。此时，年轻人其实就藏在一根柱子后面，听到苏丹王的话后忍不住乐开了花。他立刻赶回家，对母亲说："如果苏丹王的信使来问我的下落，您就告诉他，我已经很长时间不在家了，并且您根本就不知道我在哪儿。对了，您还要告诉他们您很穷，但如果他们愿意给您足够的钱去寻找我的下落的话，您一定会尽最大的努力把我找回来。"然后，年轻人就藏在家里的阁楼上，因为这里能把下面发生的一切事情听得一清二楚。

果然不出所料，还不到一分钟，老妇人就听到有人用力捶门的声音。她激动地跳起来，打开了门。

"你的儿子在家吗？"来人问，"如果他在家，赶紧让他跟我走，苏丹王想亲自接见他。"

"实在是太不巧了，先生！"老妇人不紧不慢地回答道，并且用面纱的一角遮住了眼睛，"他已经离家很久了。他走了也没给我捎信，我压根儿就不知道他在哪儿。"

"啊？老婆婆，您知道他可能会去哪儿吗？现在，苏丹王想把女儿嫁给他，所以一定会好好地犒赏把他带回王宫的那个人。"

"实在抱歉，他真的没有告诉我他在哪儿。"这个驼背的瘦弱老妇人一边摇头一边说，"苏丹王既然想赐予他这无上的荣耀，费点心思去寻找他也是理所应当的。说不定我能在某个地方找到他，并且这些地方只有我一个人知道。但是你知道的，我只是一个身无分文的老太婆，哪儿有钱出去找他呢？"

"别担心，这只是小事一桩，"来人高喊一声，"这个钱包里装着一千枚金币，您拿着吧。如果您告诉我他可能去的地方，我还会给您更多的钱。"

"太好了，"老妇人说，"那就按你说的办。今天就到这里吧，再见，因为我还要做些准备。耐心地等几天，等我的好消息吧。"

在之后的一个星期里，老妇人和儿子过得小心翼翼，只有天黑了才敢偷偷地出门，生怕被邻居们看见。他们不生火，也不点灯，人们还以为屋里没人呢。最后，在一个明媚的早晨，年轻人很早就起床了，精心打扮了一番，把自己最好的衣服穿上，随便吃几口饭，就匆忙赶到了王宫。

门口那个长得黑黑的大个子很明显是在等他，什么都没问就直接把他带了进去。然后，在门内的一个侍卫把他带到了苏丹王面前。苏丹王激动地上前来迎接他。

"你好啊，我的孩子！这些天你去哪里了？"他热情地问道。

年轻人回答道："啊，苏丹王，说真的，我原本已经能娶您的女儿，但是您反悔了，不想让我和她结婚。我的家人因此怪罪于我，我才不得不在外流浪。但是现在，既然您后悔了，我就要来迎娶我的新娘。请您赶紧下命令吧，让大臣准备婚约。"

新婚约很快就准备好了。一切都按照这位新郎的想法进行：苏丹王和大臣们在寝宫里签了字，婚约正式完成。随后，年轻人请苏丹王带他去见公主。他们一起走进了大殿。大殿里的情景还和几天前一样，所有人一动不动地站着，一点儿都没变。

"你能解除咒语吗？"苏丹王着急地问。

"应该没问题，"年轻人回答道（事实上，他根本就不知道自己有没有这个本事，所以他非常紧张）。他向前走了一步，大声喊道："让中了'马达斯冲'咒语的人全部醒过来吧。"

话音刚落，那些雕塑一样的人们立刻活了过来。新娘高兴地拉着年轻人的手。原来的那个新郎却突然消失了，谁都不知道他到底去哪儿了。

梳子和项圈

在很久很久以前，隆巴迪有一个国王，虽然他长得非常丑，实际上却是一个非常爱美的人。他娶了个妻子，所有的人都说她简直就是天上的仙女，但也有一些人在私下里议论纷纷，说她是一个蛇蝎美人。这个王后受不了别人比她漂亮，所以服侍她的都是一些长相普通的婢女。然而，她最嫉妒的是国王的前妻所生的儿子和女儿。

虽然王后已经恶名昭著，但是国王仍然对她千依百顺。王后对王子非常苛刻、狠毒，可爱的公主更是遭受到了十倍以上的苦难和折磨。为了折磨公主，王后特地给公主安排了一个像她一样狠毒的女家庭教师。就这样她还觉得不够，命令公主必须把自己打扮成丑八怪。但是，只要公主脱下身上的旧衣服，再把脸上的黄斑点洗掉，立马就会变得光彩照人。

隆巴迪国王有一个表兄弟，他就是普莱森扎的大公爵。

最近他突然得了失心疯，他的儿子佩拉尔特里特和女儿弗朗迪娜非常着急。医生们想尽了一切办法，却一点儿效果都没有，所以两个孩子只好派信使去向一位远近闻名的女巫求救。女巫有一个外号叫"刀鞘之母"，这是因为她的山洞里放着很多刀鞘，所有去向她求救的人都会带一把刀过去，然后她会把刀胡乱地插进一个刀鞘里。但是很遗憾，信使并没有得到任何安慰，因为女巫只用一句话就把他们打发了，她让大公爵去丧失理智的地方把理智找回来。为了救父亲，即使大臣都坚决反对，佩拉尔特里特和弗朗迪娜还是骑着马去了一座神秘的城堡，因为他们的父亲就是在那里睡了一觉后变成了现在的样子。谁知道，他们俩一走进城堡的大门，人们就再也没有见过他们。

三个星期后，他们还是没有一点儿消息。大臣们召开会议，想商量出合理的对策。最后，他们决定再派一些人去拜访刀鞘之母。他们乔装打扮，并且带去了几把用金子做成的镶满珠宝的刀，女巫高兴极了。看在这些礼物的分上，她耐着性子听完了他们的故事，然后从石洞的一个坑里拿出了一个小盒子，里面装着一把梳子和一个挂着金锁的项圈。

"赶紧拿着这个盒子去各个王宫看看吧。如果你们找到一个姑娘，她美得能打开项圈的锁，然后再找到一个能从盒子里把梳子拿出来的年轻男子，就回到你们出发的地方。"

"但是，怎样才能找到我们的王子和公主呢？"侍卫问道。

"我只能帮你们这些了。"刀鞘之母回答道。然后，她转身向山洞的深处走去，谁都不敢跟着她。

之后的几个月里，大臣们陆续拜访了很多王国，最后来到了隆巴迪。他们觉得很奇怪，因为这个消息早在他们来这里之前就已经传遍了。他们一到王宫，国王就热情地迎接他们。他非常有信心，因为他漂亮的妻子一定能打开那个项圈。其实国王看到的只是王后精心打扮后的样子，是爱让国王蒙蔽了双眼，他才会如此着迷。

按照约定的时间，王后来到了大殿，站在她旁边的是穿得破破烂烂的公主。公主的衣服一点都不合身，白里透红的皮肤被涂上了一层厚厚的黄油彩，头上则用一顶布帽子把秀发藏得严严实实的。人群中爆发出了不满的议论声。使者早就听说这里的公主和他们的弗朗迪娜一样，是个可爱又美丽的女孩，现在却被眼前的情景惊得一句话都说不出来。国王呢，他实在太羞愧了，眼珠子都快掉到地上了，连头都不敢抬。他让儿子坐在国王的宝座上，自己却悄悄地离开了大殿。

王子坐在王位上，宣布试验正式开始。第一个试验的对象是公主的女教师，这个全世界最丑的女人当然不可能打开项圈。她经常折磨公主，所以王子就借这个机会好好惩罚她，在场的人纷纷拍手叫好。接着，他命令婢女们为妹妹梳洗打扮，穿上王后最漂亮的裙子，因为公主一条裙子都没有。虽然王后气得半死，但当着众人的面，还是不敢说半个不字。

很快，公主出来了，顿时大殿里变得鸦雀无声，所有的人都为她的美貌而倾倒，他们都觉得只有公主才能打开那个项圈。王子看着妹妹，什么都没说，只是示意让使者把梳子拿过来试试。除了王子以外其他人都试过了，都不能把盒子打开，更不用说从盒子里把梳子拿出来了。最后，就只有王子没有尝试了。作为最终的裁决者，他必须最后一个出场。

男子们都试过了，现在轮到女士们了。她们按照地位的高低，按顺序试着打开项圈上的锁，但全都失败了。最后，轮到王后了。王后尝试了一下，项圈开启了一点，她兴奋地又蹦又跳。但是没想到，项圈很快就自动合上了。王后生气地"哼"了一声，后退了一步，失望得昏倒了。

接下来，只能指望王子和公主了。王子的手刚刚碰到盒子，盒子就立马打开了，然后王子顺利地取出了梳子。公主一拿起钥匙，项圈的锁也"啪"的一声打开了，人们热烈地欢呼着。这时候，一阵旋风突然刮来，四周变得漆黑一片。一刹那，山摇地动。

等到一切都恢复平静后，阳光重新普照着大地。人们惊讶地发现，王子和公主都不见了。只有两个人被狂风卷走了，就是王子和公主。不幸的是，他们被刮到了不同的地方。这场突如其来的变故让公主昏迷了很久，后来她发现自己一个人站在一片茂密的森林里。她很害怕，不知道自己到底在哪里，于是疯狂地跑起来。她一边跑，一边大声地呼唤哥哥来救她。结果呢，她非但没有把哥哥叫来，反而引来了几只恶狼。恶狼慢慢地向她逼近，张着血盆大口，吐出了血红的舌头。公主跪在地上，一只手捂着眼睛，一只手下意识地握着项圈，等待死亡之神的召唤，她甚至能感觉到恶狼吐出的热气。她伏在地上，越来越低，但离她最近的那只恶狼一看见她手中的项圈，狂吠一声就四处逃窜，另外几只狼也跟着跑了。

等到公主从惊吓中醒过来后，她站起来像无头苍蝇一样一阵猛跑，最后终于看见了一条大路。两个羊倌正赶着一群绵羊走过来，她飞快地跑过去求救。但不知道为什么，羊群看见她的项圈后，也吓得四处逃窜。

"我身上一定有什么东西把所有的动物都吓住了。"她一边想，一边安慰着自己。于是，她振作起来，继续往前走，看见了一座古老的城堡。正当公主想进去借住一晚的时候，一只雪白的白狐穿过马路来到了她面前。

这只白狐非常可爱，眼睛亮晶晶的，一眨一眨的，好像在恳求公主。公主立刻把项圈藏在衣服里，不让白狐看到。她慢慢地走向它，希望它能和她一起去城堡里，但它扭头就跑了。

公主累极了，但一股强大的力量推着她跟在白狐的后面。只见白狐转过墙角后，在河岸边的一座小宫殿门前坐了下来。公主走了过去，白狐用牙轻轻地咬着公主的裙边，带着她走进了一间屋子，餐桌上有很多牛奶和水果，此时公主对白狐感激不尽。填饱肚子后，公主就在铺好的垫子上睡着了，睡得很香很甜。白狐没有睡，而是乖乖地蜷缩在她的脚边。在梦中，公主见到了自己的哥哥。

公主梦见哥哥的时候，王子也在思念妹妹。他被狂风卷到了一片荒凉的海岸上，那里什么都没有。他在高高的岩石上待了几天。从上面往下看的时候，他看到了远处的一个绿色小岛。他坐在高处，出神地望着远方在风中摇曳的棕榈树和银光闪闪的瀑布。

"她会在那里吗？"王子自言自语。虽然明知道这个想法没什么根据，却仍然不由自主地这样想。

王子正在拼命地想，一阵悦耳的歌声突然传了过来。他赶紧朝歌声传来的方向看过去，唱歌的人似乎就在不远处，却连人影都看不到。而且他刚刚跟着歌声到了一个地方，这歌声就突然换了一个方向。他跟着歌声走来走去，最终停在了一张巨大的鳄鱼皮前。这张鳄鱼皮就在海边岩石间的沙滩上，看起来非常恐怖。

王子觉得很恶心，就走到了一边。这时，他的身后突然响起了一声巨响，似乎是什么东西掉进了海里。他看了看周围，发现鳄鱼皮竟然不见了，而沙滩后面的岩石上出现了一个石洞。走进石洞，石洞里有一个乌檀木浴盆，上面镀了一层黄金，在太阳下闪闪发光。

时间一天天过去了，王子一直在这里等着妹妹，最后他决定离开，去内陆找她。这时，他又听到了那阵动听的声音，又看到了沙滩上鲜血淋淋的鳄鱼皮，还有洞穴里的浴盆，里面装满了水。那天晚上，他几乎一夜没睡，天还没亮就藏在岩石的后面，准备在那里等着鳄鱼皮回来。

太阳升起来了。当第一缕阳光照射在海面上时，一个洁白的东西被微风吹到了岸边。终于，王子看清楚了，一个身材婀娜的姑娘出现了，她坐在五颜六色的贝壳上，慢慢地向岸边划来，她手里还攥着一根牵贝壳的绳子。

这个姑娘太美了，王子都看呆了。他觉得头晕目眩的，甚至忘记了自己正躲在岩石后面，情不自禁地跑了出来，跪在沙滩上，向这个美丽的姑娘伸出双手。

突然，他口袋里的梳子和盒子全都掉了出来。那个姑娘看到后尖叫一声，立刻调转船头，向远方的小岛驶去，很快就不见了踪影。王子脱掉外衣，准备游泳去追她。这时候，他突然看见身边站着一只雪白的狐狸。白狐也和他一样，死死地盯着那个方向，还激动地比画着，直到一只小船缓缓地向他们驶来才作罢。小白狐高兴极了，又蹦又跳的。

小船停在沙滩上的时候，白狐示意王子穿上衣服。王子穿好衣服后，就和他们一起上了船。正要离开的时候，王子突然想起来那个姑娘是被自己身上的梳子吓跑的，所以他一气之下，就想把梳子丢到大海里，但是白狐跳起来拉住了他的胳膊，让他不要这么做。这时，岸上一个骑马的人射了白狐一箭，可怜的白狐重重地摔倒在船舱里，好像受了重伤，痛苦地闭着眼睛，当等到岸边的王子再转过来时，小船和白狐全都不见了。

一阵狂风吹过来，王子躲进了岩石上的石洞里。石洞里点着很多蜡烛，把洞里照得像白天一样，每支蜡烛看起来都像一把半出鞘的刀。乌檀木浴盆上盖着像白色帐篷一样的东西，上面有刀鞘的图案，帐篷下面还有人在说话：

"王子，请答应我，不管发生什么事，你一定要相信我对你是真心的，就像我相信你对我的真心一样。但是有一点，如果你稍稍有一点害怕，帐篷就会自动打开，我将永远离你而去。"

她的警告把王子吓住了。王子看到一只鳄鱼正张大着嘴巴爬过来，他咬牙控制住自己，让自己不至于浑身发抖，拼尽全身的力气才能装出很冷静的样子。看见他天不怕地不怕的样子，鳄鱼把头缩了回去，而乘坐贝壳船的那个美丽的姑娘就在它下面。

"快点，王子，再快点！时间很快就过去了，赶紧给我梳洗打扮，不然的话我很快就会消失的。"王子听到这句话后立马把梳子拿了出来。但是他发现，他使出了全身的力气才能把梳子从盒子里拿出来。奇怪的是，他慢慢地拿出梳子时，姑娘的头也一点一点地掀开了盖在它上面的东西，露了出来，身体也慢慢地浮出了水面。当她的肩膀和双臂完全浮出水面时，她对着王子大声喊道：

"太好了，到现在为止，你一直在按我说的做呢。现在，把我的皮烧了吧。"

"什么？我做不到。"王子痛苦地叫道。但是女孩打断了他的话。

"如果不那样做，我们俩都会后悔一辈子的。"她低声说道，"因为谁把我的皮烧了，我就会嫁给谁。"王子仍然站在那里一动不动，拿不定主意。这时，帐篷的帘子垂了下去，把女孩盖住了。蜡烛突然熄灭了，什么都看不见了。

王子觉得后悔极了。他的脑袋里乱得一团糟，在森林里转来转去，到处寻找那个女孩，最后只找到了一堆燃烧着的火。等到回来的时候，他看见那张鳄鱼皮就铺在地上，他差点栽倒在鳄鱼皮上。

"天啊，我真是个笨蛋！原来她是让我烧这张皮。"他说完后就把鳄鱼皮扔进了火里，突然发出了一声巨响。一开始，王子不知道接下来会怎样，所以跑得远远的，没多久他就不自觉地回到了火堆旁。鳄鱼皮已经不见了，但是他在木炭渣里发现了一个闪闪发光的东西，走近一看，才看清竟然是那个神奇的项圈。太好了，他天天思念的妹妹肯定就在不远处！果然如此，还没等他把项圈捡起来，妹妹就跑过来抱住了他。重逢的喜悦让他们忘记了所有的事。

　　"快告诉我，你遇到了什么事。"公主说。两个人好不容易才平静下来，王子把这些天的遭遇全都告诉了妹妹。他满脑子想的都是那个贝壳姑娘，所以把那只白狐忘得一干二净了。但是没关系，公主也把自己的经历告诉了哥哥，最后她说，是那只白狐救了她。

　　"你根本就想象不到，在那个小宫殿里，它对我有多好，这世界上没人能比得上它。但是从它的眼睛里，我感觉到它想得到一样东西，但我猜不出是什么。后来，我终于明白了，为此我也付出了很大的代价。为了不吓跑白狐，我把项圈藏在了茂密的灌木丛里。有一天，我们在花园里一起玩的时候，项圈在太阳底下闪闪发光，它看见后就跑了过去。它想用牙齿把项圈叼起来，项圈却'啪'的一声锁上了。白狐发出了一声惨叫，'嗖'的一下就逃走了。我到处找它，可它的影子都没看到。你把鳄鱼皮扔进火里的时候，我正好在这儿，但是不小心把项圈丢了。啊，我亲爱的哥哥，"她流着泪说，"如果没有那只可爱的小白狐，你现在根本就不可能见到我。请你帮帮我吧，帮我把它找回来。"

看着妹妹那么难受，王子觉得很心疼，所以不敢告诉她白狐中箭的消息。他想，也许过一段时间，妹妹就会慢慢忘记它了。他答应妹妹，不管她想去哪儿，他都会陪着她，但是今天他必须在海边等着，哪儿都不能去。公主只好答应了。

王子站在高高的岩石上，望着远处的小岛。他皱着眉头，想再见见那叶扁舟。正在这时，附近的森林里传来了恐怖的尖叫声。他赶紧朝那个地方跑过去，看见一个骑马人正在拼命地拽一个女人，想把她抢走。

骑马人看见王子后觉得很惊讶，也许他没料到这么偏僻的地方竟然还会有其他人，所以放开了那个女人的胳膊。女人跑过来，躲在王子的身后。王子仔细一瞧，她竟然是自己的继母。

"你怎么会在这里？"王子冷冷地问，觉得自己不该救她。女人知道他的想法，一下子跪在地上。

"请原谅我犯下的错吧。"她大声说，"其实我一直很自责。那个大公爵像一条疯狗一样，把你们的父亲狠狠地打了一顿，我是来帮他的，幸好遇到你了。时间不够了，我们别再追了。"

马蹄声越来越远，王子想追上去，却被他的继母拦住了。他们穿过杂草和灌木丛，继续往前走。一路上，继母将他们失踪后王宫里发生的所有事都告诉了王子。

"你的父亲觉得我对你妹妹不好，"她说，"他发誓再也不和我见面了。他离开了王宫，到处去找你们。我偷偷地跟着他，但是一点儿消息都没打听到。于是，我去拜访了刀鞘之母，她让我在那个长着很多棕榈树的小岛上等着。我在那里看到了一个美丽的公主，她中了魔咒，每天都会变成鳄鱼的样子。每到固定的时间，鳄鱼皮就会在她面前展开，她浑身发抖，被一股强大的力量拉扯着把鳄鱼皮披在身上，裹起来，然后跳进海里。走吧，现在我带你去那个小岛。但是首先，我们要找到你妹妹，因为那只白狐是死是活就全看她了——对了，那只白狐还活着。"

"那只白狐？"王子惊喜若狂，"你怎么知道？"

"我知道得不多，"王后说，"从我来到这个岛上开始，它就一直陪着我们，我们都很喜欢它。但是昨天它突然不见了，直到晚上，一只小船漂到岸边，我们才看见那只白狐就躺在里面，浑身血淋淋的。现在，它就躺在宫殿里，人们正在好好地照顾它。我请教了一位大臣，他让我马上乘船去找隆巴迪的王子和公主，并且在 24 小时内把他们带到白狐面前，只有这样才能保住白狐的命。我看见你的父亲坐在岸边的岩石上，他的肩膀被疯子公爵射了一箭。这个疯子还想射我呢，所以我才逃到了森林里。"

"我父亲就在附近！"王子大声喊道，"我们必须尽快找到他和我的妹妹。"

最后，他们在石洞里找到了公主，她把父亲的头靠在自己的膝盖上，想让父亲的伤口不再流血，但是没什么用。他们立刻把国王抬到船上，飞快地向小岛划过去。一路上，王子轻声地安慰着妹妹，把白狐的情况告诉了她。

"快带我去找它。"她急切地说。船刚靠岸，王后就领着他们向宫殿走去。

白狐躺在火堆旁的软垫子上，眼睛紧闭着，看起来马上就要死了。说来也怪，它突然感觉到公主就在身边，所以睁开了眼睛，轻轻地摇晃了一下尾巴。公主的眼泪像断线的珠子一样，不停地往下掉。这时，她觉得有一双手正在轻轻地拍她的肩膀。

"我说，别再浪费时间了。"小岛的总督严厉地说，"把你身上的项圈拿出来给它戴上，它马上就会好。快点，快点！"

公主呆坐在那里，变成了一块石头。

"项圈！"她突然大声喊叫，"项圈丢了，我把它丢在森林里了。"墙上悬挂着数不清的刀鞘，这时也跟着大喊起来：

"项圈不见了！项圈不见了！"

"什么项圈？"国王问，他躺在另一张床上，医生正在照料他。"在他中箭之前，我在森林里的一堆木炭渣里找到了一个项圈，没准就是你说的那个，我们为什么不试一试呢？"他命令手下从天鹅绒背心的口袋里拿出了一个项圈。

公主看见这个珍贵的项圈，激动得扑了上来，抓起来放在白狐的脖子上。他们屏住呼吸，只见眼前那只白狐的腿变得越来越长，鼻子却变得越来越短。最后，白狐消失不见了，佩拉尔特里特却突然出现了，他穿着一件厚厚的白色皮外套。

看见表弟和老朋友，隆巴迪王子高兴极了，但他仍然对那个神秘失踪的漂亮姑娘念念不忘。岛上的总督看见他表情严肃，就问他怎么回事。

"请您帮帮她吧，"王子喊道，"那个女孩中了魔咒，受尽了折磨。每次想起她，我就会觉得痛苦不堪。"

"其实，事情比你想得更糟糕，"总督沉重地说，"如果那把梳子还在你身上，就能救他了。"看到王子从盒子里拿出了梳子，他接着说，"啊，真不错，跟我来。"

包括王子在内，所有人都跟着总督。他们穿过一条长长的走廊，然后来到了一座笨重的大铁门前，门突然打开了，出现在王子面前的是一个可怕的场景：他一直记挂着的那个美丽的姑娘，此刻正坐在一把椅子上，被熊熊燃烧的大火包围着，火苗像头发一样在她头上闪动着。她的脸又红又肿，张大着嘴，

艰难地呼吸着，但是她的双臂和脖子，还是像以前一样细嫩。

"知道吗，这都是拜你所赐。"总督对王子说，"从你烧鳄鱼皮的那一刻开始，她就一直在承受这种煎熬。现在把梳子拿出来试试吧，看看她会不会好受一些。"

刚碰到梳子时，火就全部熄灭了；碰第二下时，女孩不再那么痛苦了，脸庞又变成了原来的样子；再一次时，她就从椅子上站了起来，变得比以前更漂亮了。她高兴得跑了过来，一头扎进了哥哥佩拉尔特里特的怀里。

两对有情人终成眷属。人们为他们举行了盛大的婚礼。婚礼结束后，佩拉尔特里特带着新娘回到了普莱森扎，弗朗迪娜则跟着丈夫回到了隆巴迪。这两对相爱的人从此幸福地生活在一起。

宰相的感恩

在很久以前的兴都斯坦地区，有这样两位君主：他们虽然是邻居，但是在财富和军事上都是老对手。一位是印度王公，另一位则是伊斯兰国王。别想多了，他们可不是什么好朋友。为了避免纠纷，他们达成了一个君子协议，并且还签字画押了。按照协议，如果双方的臣民（无论是最尊贵的还是最卑贱的）跨越了国界，一旦被抓，就会受到严厉的处罚。

一天早晨，伊斯兰国王和他的宰相准备开始处理政事。国王正准备用刀削铅笔，谁知道手一滑，把自己的手指尖削掉了。

"天哪，宰相，"国王大声喊道，"我的手指受伤了。"

"恭喜陛下，这真是个好兆头。"

"大胆奴才，"国王大声呵斥道，"你是在幸灾乐祸吗？竟然敢取笑我！看来，你真的是活得不耐烦了。卫兵，把他带下去，先关进监狱，等我忙完了再来处置他。"

两旁的士兵立刻冲上来抓住了这个胆大包天的宰相，把他拖上了一条狭窄的过道。那可不是什么好地方，犯人们被送进监狱或推出去斩首都会从这里经过。

门打开了，宰相走进去的时候，他那被白胡子覆盖的嘴唇轻轻地蠕动了一下。他的声音非常小，所以卫兵没听清他在说什么。

"这个可恶的家伙在说什么？"国王大吼一声。

一个监狱看守回答道："禀告陛下，他说非常感谢您。"国王听后，双眼死死地盯着宰相身后关上的大门，觉得又生气又奇怪。

"他肯定是疯了，"国王喊道，"不管是谁，就连我自己，如果遇到不幸的事，都会感到伤心或者绝望。他呢，竟然还心存感激，八成是脑子坏掉了。"

其实，国王非常器重自己的宰相。御医立刻赶了过来，给国王受伤的手指敷药，然后包扎好。身体上的疼痛并不是最重要的，国王最无法忍受的还是心里的悲哀。宫里的大臣和侍卫们都想为国王分忧解难，但是又没有什么好办法。他们发现，国王这一整天看起来都很不安。

第二天一大早，国王说他要去打猎，让他们赶紧准备马。人们马上开始忙活起来，马厩里乱糟糟的。一切准备就绪后，大臣和猎手们排好了队，随时准备和国王一起出发，但是，国王不想让任何人跟着，想自己一个人去。国王看起来令人害怕，所以大家都巴不得留在王宫里。国王独自一人慢慢地溜达，心事重重的，不知不觉地穿过了草地和树林。他不是来打猎的吗？可肥壮的雄鹿在他面前跑来跑去，五彩斑斓的飞禽肆意地在他眼前晃来晃去，他都像没看见一样。国王甚至不知道自己前行的方向，迷迷糊糊地闯进了印度王公的地盘。当一群士兵从灌木丛的四周冲出来，把他团团围住的时候，他才猛然醒过神来。除了举手投降外，他没有更好的办法了。他们把这个不请自来的家伙捆了起来，扔进了王宫的监狱里。此时，国王还在想宰相的事，现在，他们俩都成了阶下囚，真是太巧了。国王希望自己能和宰相一样，为了某件事而心存感激。

当天晚上，为了商量出对策，王公召开了特别会议。那些长得肥肥胖胖的祭司全部被叫来了，因为他们几乎无所不知，无所不晓，甚至能推算出大吉大利或大难临头的具体时间。官员们提了很多建议，最后王公大发雷霆，却变得更加犹豫不决。而此时，主祭司正蹲在一个角落里掐指算着，祭祀们围在他的身边，羡慕得连口水都要流出来了。然后，他站起身来，迈着坚定的步伐向王公走去。

"快说说，"王公迫不及待地问，"你有什么好建议。"

"太不幸了！"主祭司大声喊道，"简直是不幸至极！雪山女神非常生气，命令您明天早上必须把那个国王的头砍下来献给她。"

"那好吧，"王公说，"就照你说的办。我命令你来执行。"他向主祭司鞠躬后，转身走了。

还没等到天亮，人们就在开始准备盛大的仪式，祭祀至高无上的雪山女神。场面多么壮观啊：几百面旗帜在风中飘舞着，几百名鼓手尽情演奏，几百名歌手则引吭高歌。几百名祭祀精心沐浴和涂油后，神圣的仪式就正式开始了。王公坐在自己的位置上，觉得忐忑不安，希望这一切赶紧结束。几百名大

臣和侍卫围绕在他身边。供奉祭祀品的时刻终于到了！可怜的
国王被五花大绑着拉了出来，准备迎接死神的降临。

主祭司手里拿着一把长剑，微笑着走了过来。突然，他
发现国王的手指上竟然包扎着一块布。他着急地扔下了剑，眼
珠子都快瞪出来了。他愤怒地扯下了那块绷带，发现国王的手
指尖没有了。主祭司气得快疯了，满脸通红，他用力地揪住国
王，把他带到了王公面前。王公还坐在原来的位置，不知道到
底是怎么回事。

"快看啊，王公，"他说，"这祭品根本就没什么用，因
为他的手指尖不见了！如果祭祀不完整，神灵一定会怪罪的。"
他又生气又失望，竟然痛哭起来。

王公可没像他那样喜欢哭鼻子，相反他长长地出了一口
气，说："算了，就这样吧。如果是普通人，那还好说。不
管怎么说，他是一个国王，把国王当祭品还是不太妥当。"然
后，他走过去，取出身上那把镶着宝石的匕首，割断了绑住国
王的绳索，和他一起回到了王宫。

王公热情地招待了他的朋友，不仅让他换上了干净的衣
服，还让他好好休息。他送给了国王很多礼物，最后还亲自率
大队人马护送他回国，一直送到了两国的边界。在轰隆隆的礼
炮声中，两位国王把旧协议撕得粉身碎骨，然后签署了新的协
议。他们承诺，如果两个国家的人民（不管是高贵的，还是卑
贱的）需要越过两国的边界，另一国都必须热烈地欢迎，并且
保证他的人身安全。最后，他们拥抱了对方，向对方道别后就
分别回宫了。

国王回来的当天晚上，就迫不及待地召见了被关在监狱里

的宰相。

"你还好吗，宰相。"当老宰相被带来后，国王说，"你知道我最近发生了什么事吗？"

"我被关在牢里，怎么可能知道外面的事呢？"

接着，国王把自己的冒险经历一五一十地告诉了宰相，快讲完的时候，他说：

"为了庆祝我安全回家，我决定赦免你，从现在开始，你自由了。但是我想知道，为什么我的指尖被削掉时，你会说是好兆头呢？"

"尊敬的陛下，"老宰相回答道，"如果您削掉的不是指尖，那么就是脑袋啦。所以，我觉得您被削掉指尖是一件好事。难道不是吗？您好好想想，您是宁愿丢掉手指上的一块肉，还是愿意掉脑袋？"

"说得太对了。"国王高兴地说。为了确定自己的脑袋还在，他一边说还一边摸了摸。"但是，当我下令把你关进监狱时，你为什么要感恩呢？"

"我之所以感谢您，"宰相说，"是因为我觉得人应该懂得感恩。如果不是您把我关进监狱，我就会陪您去打猎，这样我们俩都会被王公抓住。如果他们发现您手指不齐全，不能当成祭品，肯定会把我供奉给雪山女神。假如我能未卜先知，提前知道这些事，我绝对还会更感激您的。"

桑　巴

　　从前，南方有一个大国，尼罗河从这里经过。国王只有一个独生子，名字叫桑巴。从桑巴学会走路那天开始，他就害怕周围所有的事物。后来，他慢慢长大，这种恐惧的心理也变得越来越严重。对此，他父亲的朋友们觉得很可笑，经常在背地里议论他的父亲：

　　"简直太不可思议了！我们的民族怎么会有这样的男孩，大象的叫声就能把他吓得躲在屋里，一只只有他一半高的小狮子也能把吓得浑身发抖。不管怎么样，他毕竟还小，长大了就会和其他人一样勇敢了。"

　　"没错，他还只是个孩子。"国王偶然听到了他们的议论，于是说，"以后就会好的。"但说归说，国王还是不由自主地叹了一口气，人们看着他，不知道该怎么安慰他。

　　几年过去了，桑巴变成了一个高大健壮的小伙子。他性格温和，生性乐观，所有的人都喜欢他。在父亲的狩猎聚会上，虽然他总是躲得远远的，但人们实在太喜欢他了，也就没有人说三道四了。

"等到国王宣布把王位传给桑巴的时候，他就会变成真正的大人了。"人们还是一如既往地议论着。

终于等到了举行仪式的那一天，人们激动地大声呐喊："桑巴，桑巴！他长得那么高大强壮，如果强盗来袭击我们，他一定会率领我们打胜仗的。"

几个星期后的早晨，村里的人们起床后发现牲畜被人抢走了，就连牧人也被掳走，沦为了奴隶。现在，桑巴终于可以在人们面前展现自己的英雄气概，率领将士们冲锋陷阵，把那伙可恶的强盗杀得片甲不留了。但是，桑巴到底去哪了？谁都不知道。复仇的人们左等右等，一直等不到桑巴，只好先出发了。

"桑巴是个胆小鬼！"不知道是谁喊了一句。从那以后，这个难听的绰号就一直和桑巴形影不离，就连小孩子和他的父亲也这样叫他。最后，他实在听不下去了，决定离开生他养他的祖国，去寻找没有战争的人间乐土。

第二天，他偷偷地溜进国王的马厩，挑了一匹最温顺的马骑上，一路向北走去。

说心里话，桑巴对这次旅行一点儿把握都没有，他心里的恐惧感，恐怕一辈子都忘不了。几乎每个晚上，他都吓得瑟瑟发抖，生怕石头和灌木丛后面藏着可怕的野兽。

远处传来一声狮子的吼叫声，他竟然吓得慌了神，差点摔下马。有好几次，他都恨不得想回家算了，但硬咬着牙坚持下来了，倒不是因为他担心回去后被别人嘲笑，而是担心有人逼他上战场。所以，他只能硬着头皮继续往前走。走了很久很久，他终于看见了一堵城墙，这真算得上是他这辈子见过的最高大的城墙了，他情不自禁地从心底里对上天感激不尽。

桑巴挺直了身板，大摇大摆地走进了城门。当他经过王宫的时候，和往常一样，公主正好坐在露台上，盯着热闹嘈杂的街道。

"那个人太勇敢了。"她忍不住想。

当时，桑巴正骑着那匹大黑马，兴高采烈地在人群中穿行。公主要仆人去把那个骑大黑马的男子找来，弄清楚他是谁，来自哪里。

仆人问过桑巴后，回来禀告公主："公主，他来自尼罗河畔的一个大国，是国王的儿子，是王位继承人。"然后，公主派人通知父亲，说她要和这个男子结婚，如果父亲不答应，她就终身不嫁。

和大部分的父亲一样，国王一直对女儿百依百顺，更何况，被女儿拒绝来求婚的男子简直数不胜数。听到她的请求后，国王惊得眼珠子都快掉到地上了，因为对他来说，这个世界上根本没有哪个男人能配得上自己的宝贝女儿。因此，国王决定和桑巴进行一次长谈。最后，桑巴的幽默感和乐观的天性深深地打动了他，他同意了这门亲事。三天后，他们举行了盛大的婚礼。

拥有一个高大英俊的丈夫，公主觉得非常满足。他们经常肩并肩地坐在棕榈树下，桑巴给公主讲她爱听的故事，或者他祖国的传统和生活习惯——与这个国家完全不一样，公主听得特别入神。

有一段时间，她觉得这样的生活非常幸福。但是渐渐地，她感觉到了小小的遗憾，因为她想让所有的人都以桑巴为荣。因此，有一天，公主对桑巴说：

"我特别希望北方的摩尔人再来我们这里抢劫。因为到那时，你就能像个勇士一样，率领队伍去厮杀，把他们打得落花流水。知道吗，我太想看到这激动人心的一幕了。那样的话，当全城的人都歌颂你的英勇事迹的时候，我就是全世界最幸福的人。"

公主一边兴高采烈地说，一边用期待的眼神盯着桑巴。但她没想到的是，桑巴的脸色突然变了，显得有些慌乱：

"摩尔人千万不要再来了，我希望永远不要再有任何战争了。我之所以离开我的祖国，就是为了躲避他们。如果他们再来入侵，我想我会马上离开你。"

"简直太可笑了！"公主叫了一声，然后哈哈大笑起来。"看你长得这么高大，怎么会如此害怕摩尔人呢？但是你记好了，千万不要告诉任何人这件事，否则他们肯定会当真的。"

不久，全城的人在城墙外举行了热闹的宴会。此时，一小队摩尔人已经藏在城里几天了，他们趁这个机会把正在山坡上吃草的山羊和绵羊全都偷走了，但很快就被人们发现了。

国王一声令下，战鼓齐鸣，士兵们立刻在王宫前的大广场上集合，准备随时出兵迎战。摩尔人的挑衅，让这些壮士们觉得非常生气，他们气得上蹿下跳。人们群情激奋，都争抢着要去决一死战。他们要国王派他的女婿桑巴去打仗。不管人们怎么呼唤，却连桑巴的影子都没看到。

桑巴去哪了？其实，他就在王宫里。他躲在一个阴暗的酒窖的角落里，蜷缩在装粮食的大泥缸之间的缝隙里。见此情形，公主觉得心疼不已。她竭尽全力想激起桑巴的良知和勇气，让他感到羞愧，但是一点儿作用都没有。在此之前，只要一想到以后可能会面临的危险，他就会立马在人们鄙视的目光中一走了之，更何况是眼前这么危险的境况了。

"把你的铠甲脱下来！"公主厉声说道，声音中透着从未有过的冰冷和严厉。"把上衣递给我，你的头盔、长剑和长矛也全都给我。"

桑巴惊恐地环顾了四周，把嵌着黄金的铠甲递给了妻子（这件铠甲是国王的女婿专有的）。他的妻子一言不发，把衣服一件一件地接过来，很快就穿戴整齐了。而她的丈夫，那个高大魁梧却胆小如鼠的男人，她连看都没看。公主扣好了扣子，戴好头盔后就走了出去，骑着桑巴的马，命令士兵们跟在后面。

虽然公主比自己的丈夫矮很多，但作为一个女人，她的个子算很高了。再加上她骑着高头大马，所以当人们看见那件嵌着黄金的铠甲时，就肯定地认为那个人就是桑巴，于是开始大声欢呼。为了表示自己的感谢，公主对着人群鞠了一躬，但是没有把头盔摘下来。她用马刺踢了一下马，像一道闪电一样冲到了队伍的最前面。

摩尔人没想到对手这么快就会追上来，被打了个措手不及，最后落荒而逃。就这样，这支小队伍再次凯旋，人们高兴地唱着歌，简直把桑巴捧上了天。

刚到王宫，公主就赶紧把缰绳交给马夫，钻进旁边的一个门洞后就不见了踪影。经过这条暗道，她顺利地回到了自己的

房间。桑巴正无聊地躺在床上，门被打开的时候，他紧张地抬起头看着妻子，不知道接下来会发生什么事。但事实上，没什么可担心的，因为公主根本就不会指责他。

公主迅速脱下铠甲，让他马上穿上。桑巴什么都不敢问，只能按公主的意思做。他穿好衣服后，公主让他和自己一起去天台，下面的广场上聚集了很多民众，他们都在热烈欢呼。

"桑巴，国王的女婿！桑巴，最出色的勇士！他在哪儿呢？马上让他出来！"桑巴一出现，人们的掌声和欢呼声变得更热烈了。"瞧瞧，这个谦虚的小伙子竟然想把这个荣誉让给别人。"人们大声呐喊。桑巴只是微笑着挥了挥手，一句话都没说。

在如雷鸣般的掌声和欢呼声中，一个人却表现得非常平静，一点儿都不激动，他就是公主的小弟弟。他非常善于观察，战争中发生的事情让他产生了一个大胆的联想——真正的勇士其实是他的姐姐，而不是她的丈夫。他把自己的怀疑告诉了其他王子，但是很可惜，除了嘲笑，他什么都没有得到，他们还劝他不要再胡思乱想了。

"行了，行了，"小王子说，"让我们来打个赌，看看到底谁对谁错。如果下次摩尔人再来进犯，我会在我们首领的身上做一个记号。"

虽然摩尔人打败了，但是没过几天，他们就又找上门来了，企图偷走城堡里的牲畜。于是，桑巴的妻子和上次一样，穿上丈夫的铠甲，率领军队去应战。

这次的战斗更加激烈，难分胜负。到战争进行到最艰难的时刻时，小王子悄悄地来到公主身边，故意在姐姐的腿上留下一处轻伤。当时，公主完全没有意识到，也一点儿都不觉得疼。但是当他们把敌人打败，骑兵小分队回到王宫后，公主突然觉得头晕目眩，差点就没办法挣扎着从暗道回到自己的房间。

"我受伤了，"公主痛苦地喊道。桑巴躺在席子上，公主一头栽倒在他身上。"只是轻伤，没关系的。但是你也要在相同的部位受点伤，不然别人就要怀疑在战场上的人是我，而不是你了。"

"你说什么呢？"桑巴大叫一声，吓得目瞪口呆。"你觉得我会答应吗？让我忍受毫无意义的疼痛，这不是开玩笑吗？如果是这样，还不如让我自己去打仗呢。"

"哈哈，如果我早知道这件事就好了，太可惜了。"公主说，她的声音好像是从很远的地方传来的。趁桑巴转身的时间，公主飞快地用长矛狠狠地刺了他的腿一下。

桑巴疼得大叫一声，摇摇晃晃地后退了几步。疼痛并不是最主要的，他觉得太出乎意料了。但是，还没等他开口说话，公主就一溜烟地跑进了房间，她去找御医了。

"快来人啊，我丈夫受伤了！"她告诉御医，"马上去照顾他，他失血过多，已经昏过去了。"公主故意说得很大声，听到的人越多越好。于是，这一整天，城里的所有人都在宫外焦急地等着，想知道那位勇敢的首领怎么样了。

桑巴躺在房间里痛苦地呻吟着，大王子去探望他，出来后对小王子说："怎么样，我聪明的小弟弟，我们对桑巴的看法是对的吧？你承认自己错了吗？他真的上了战场。"但是小王子没说话，只是怀疑地摇了摇头。

两天后，摩尔人第三次来犯。虽然牧人们早就把牲畜转移到了一个安全的地方，摩尔人还是把它们都抢走了。"那个城邦的人怎么都想不到，"摩尔人议论纷纷，"我们明明被打败了，怎么这么快又来了。"

战鼓声响起来了，士兵们立刻集合，公主也站起来去找她的丈夫。

"桑巴，"她大声喊道，"我比你想象中伤得更严重。我走不了路了，如果没有人扶，我连马都上不去。所以，今天我没办法帮你了，你必须自己去打仗。"

"你瞎说什么呢？"桑巴大声嚷嚷道，"你说的是什么话？要我去打仗，搞不好我就会受伤，甚至还可能连小命都没了。你不是有三个弟弟吗，国王为什么不在他们中间选一个呢？"

"他们太小了，"公主回答道，"士兵们根本就不会听他们的命令。如果你不想去，也行，能帮我把马套上吗？"只要不让他冒险，桑巴做什么事都愿意。所以，他爽快地答应了。

马很快就套好了。公主说："现在，我们一起骑着马去军队集合的地方。我们分开走，我走小路和你会合，然后我们再互换角色。"

闲来无事的时候，桑巴喜欢骑马，所以他没有多想，就按照公主说的做了。他刚刚在马鞍上坐稳，公主就用力地抽了马一下，桑巴像离弦的箭一样飞了出去，穿过大道，出现在了等待他的军队前面。人群顿时沸腾了。桑巴想把马拉住，但这根本就是不可能的事。只用了几分钟，他们就和摩尔人厮杀起来。

正在这时，奇迹发生了：那个总是逃避责任的胆小鬼、动不动就吓得尿裤子的桑巴，在被敌人逼得无路可退的时候，竟然变得英勇无比、力大无穷。他用尽全部的力气与敌人搏杀。他长得高大魁梧，所以在战场上很容易就能成为最勇敢的壮士。

毫无疑问，那天最大的功臣是桑巴，人们的欢呼声比以往任何时候都更加响亮、更加热烈。

战争结束后，桑巴带着摩尔首领的长剑凯旋，老国王激动地抓住了他的双臂说："我亲爱的儿子，你的勇敢拯救了我们所有的人，我真不知道该怎样感激你。"

此时，桑巴已经克服了恐惧的心理，但他还是像以前一样彬彬有礼、忠心不二。他坦诚地说："父王，您不要感谢我，这一切都是您女儿的功劳。正是她，把我从一个胆小鬼变成了一个真正的勇士。"

贪婪的代价

在很久很久以前，印度的一个城市里有一个很穷的卖油人，他的名字叫迪纳。他的口袋里总是空空的，甚至连一个铜板都没有。接下来，我们就从他向别人借钱开始讲吧。

有一个银行家叫雷那，迪纳从他那里借了 100 卢比的高利贷，最后利滚利，竟然变成了 300 卢比。然而，迪纳的生意越来越差，他无论如何也还不起那笔钱。雷那气急了，每天晚上都要去迪纳家里，竭尽所能地羞辱他，以至于迪纳都快变成精神病了。

更可恶的是，雷那故意在迪纳的妻子做晚饭的时候去光顾，害得这个可怜的卖油人和他的妻子女儿一家三口根本就吃不下饭。这样的情形持续了三个星期。终于有一天，迪纳再也无法忍受了，决定逃之夭夭。如果一家老小全都逃走，很容易就会被发现，所以他决定自己一个人偷偷溜走。

那天晚上，他干完活后没有和以往一样回家，而是悄悄地溜出了城，但他还没想好要去哪儿。

晚上十点，迪纳走到了路边森林里的一口水井旁，井的旁边有一棵菩提树，非常高。这时候，他觉得又累又困，就想爬到树上睡一觉，天亮后再上路。

拿定主意后，迪纳爬到了树上，没多久就开始呼呼大睡。在他睡觉的时候，一些经常在这里晃悠的精灵们来了，他们把这棵参天大树连根拔起，把它带到了一片人迹罕至的海岸上。在天亮之前，他们把大树放在海边的沙滩上。这时，卖油人迪纳正好醒了，发现自己竟然已经离开了森林，来到了一片荒凉的海边，前面就是无边无际的大海。

迪纳又惊讶又害怕，一句话都说不出来。他坐在树杈上，好不容易才定下神来。突然，他看见了很多闪闪发亮的东西，像眨着眼睛的小星星一样。他从来没有见过这些，刚好一颗小星星来到了他身边，他一伸手就抓到了，原来是一颗会发光的红石头，比核桃稍微小一点儿。迪纳把缠在腰间的布带解开，把石头裹了进去。他一共抓了 4 颗，全都被他小心地藏在布带里。等到天快亮的时候，树又开始剧烈地摇晃起来，飞上了天，最后回到了森林里原来的位置。

迪纳被眼前这棵奇怪的菩提树吓呆了。等他回过神来的时候，他真诚地向上帝表达了自己的感激之情，感谢上帝让他还活在这世上。这一刻，他再也不想逃走了，于是跳到地上，回了家。刚跨进家门，妻子就狠狠地骂了他一顿，喋喋不休地问了许多问题。趁她停下来喘气的机会，他急切地开口了：

"我只想告诉你一件事，你猜猜，我捡到了什么好东西？"

说完，他神神秘秘地把门关上，从缠腰带里拿出了 4 颗奇怪的石头。他把这些石头翻过来又翻过去，它们个个都闪闪发亮。

"走开！"妻子生气地说，"不就是一些破石头吗？又不能吃，有什么用啊？"她把头扭到一边，看都懒得看一眼。

妻子之所以这么生气，当然是有原因的：就在前一天晚上，雷那又上门来催债了，发现迪纳竟然不在家，他把满腔的怒火全都撒在了迪纳的妻子身上，狠狠地训斥了她一番。

雷那听说迪纳回家了，第一时间就赶过来了，大声嚷嚷了几分钟。最后，他喊累了，只好闭上了嘴巴，迪纳趁机说："我想跟您说一件事。"

雷那进屋后，迪纳小心翼翼地关上了门。他打开缠腰带，掏出了 4 颗闪闪发光的大石头。

"您瞧瞧这些东西。"他说，"它们多漂亮啊，所以我想用它们来还债。您知道，我实在拿不出钱。"

雷那一眼就认出来，这些漂亮的石头其实是珍贵的红宝石。他口水都流出来了，但是他不想让迪纳看出来，所以装出一副生气的样子说："这些破石头有什么用啊？我只想让你还债，那些是我应得的，不管怎么说，你都要把钱还给我，你给我记清楚了。"

被雷那指责后，迪纳无言以对。他呆呆地坐在那里，双手合十，恳请雷那再宽限几天，就当是可怜他。然后，雷那装作好心地说："我同意用这几颗石头来抵债，至少能减少一下我的损失吧。"迪纳激动不已，差点哭了出来。雷那亲手写了一张 300 卢比的收据，然后小心翼翼地用布把石头包好，像宝贝一样藏在怀里，乐滋滋地走出了迪纳家。

"怎样才能把这些红宝石换成钱呢？"雷那开始犯难，"绝不能留着这些价值连城的宝石，如果走漏了风声，被国王知道了，他一定会找借口让我坐牢的。那样的话，这些红宝石，还有我所有的钱，就全变成他的了。但是凭良心说，我刚才做的这笔生意太划算了。我只用了区区 100 卢比，就换来了4 颗这么珍贵的红宝石。我得小心点，千万不能说漏了嘴。"雷那飞快地打着小算盘。

不一会儿，他就拿定了主意。他穿着自己最好的衣服，去拜见宰相大人穆斯里。宰相在一间单独的房间接见了雷那，雷那献上了 4 颗光彩夺目的红宝石。

看到这些罕见的红宝石的一瞬间，宰相的眼珠子都快掉地上了。

"好极了！太棒了！"他轻声说，"虽然我不能按照原价买下它们，但如果你同意，我愿意用一万卢比把它们买下来。"

银行家雷那爽快地答应了。拿着这一大笔钱，他飞快地回了家，对送给自己这个大馅饼的迪纳充满了感激。

雷那离开后，宰相陷入了沉思，不知道自己应该怎样处理这 4 颗宝石。很快，他就有了主意——他决定把它们献给国王卡雷。接着，穆斯里马不停蹄地赶到了王宫，说自己想单独和国王谈谈。寝宫里的其他人都退下后，宰相把 4 颗宝石拿了出来。

"天啊！"国王惊叹地说，"这都是无价之宝啊！现在，你把这些宝贝献给了我，干得漂亮！你放心，我绝不会让你吃亏，我会赏赐你和你的子孙后代 10 座村庄。"

宰相欣喜若狂。但他和雷那一样，一点儿都没表现出来，只是深深地鞠了一躬。看见国王用头巾把红宝石裹得严严实实的，他笑眯眯地向国王道别，然后就离开了王宫。一万卢比竟然换来了 10 座村庄，这桩买卖简直太划算了。

国王也高兴得不能自已。他迫不及待地带着礼物跑到了后宫，送给了王后。毫无疑问，王后也乐开了花。她翻来覆去地欣赏着手中的红宝石。

"如果能再找 8 颗一模一样的宝石，就能做成一条项链了。你赶紧再去弄 8 颗这样的宝石，否则我饶不了你。"王后说。

"你简直是无理取闹！"国王大声喊道，"你让我去哪里再弄 8 颗红宝石？我用 10 座村庄，才换来了这 4 颗宝石，你竟然还不知足！"

"这有什么大惊小怪的？"王后说，"难道你真的忍心看着我难受吗？你既然能弄来这 4 颗宝石，为什么不能用同样的方法再弄 8 颗呢？你一定能做到的！"说着，她伤心地哭了起来，苦苦地哀求国王。

没办法，国王只好答应王后，第二天天一亮就让下人去找同样的红宝石，要她耐心地等着。

第二天一大早，国王召见了宰相，命令他再去找 8 颗和上次一模一样的红宝石。"如果找不到，就等着掉脑袋吧。"国王气哼哼地说。

可怜的宰相想告诉国王，自己根本不知道去哪儿找，但国王什么都不想听，只是说："我不管你想什么办法，都必须找到。如果不把宝石拿来，王后就活不下去了。这怎么行呢？上次你不是找到宝石了吗，就和上次一样做吧。"

宰相满腹心事地走出了王宫，一回到家就让人把雷那找来了。然后，宰相给银行家雷那下了死命令："赶紧再给我找8颗和上次一样的红宝石，否则我的脑袋就保不住了。"

"可我根本不知道去哪儿找。"雷那苦苦哀求道，"灌木丛里又不会长这种红宝石。"

"那之前的4颗是从哪儿来的？"宰相问。

"是卖油人迪纳给我的。"银行家一五一十地答道。

"那你还在这儿干吗，立刻去找他，问他红宝石是从哪里来的。"宰相说，"10个迪纳，都比不上一个我。"说完，他派了更多的人去找迪纳。

迪纳一出现，就遭到了严刑逼供。接着，他们三个人一起站在了国王面前。迪纳把事情的经过全都告诉了国王。

"你爬到菩提树上睡觉是哪天晚上？"国王问。

"我记不清了，"迪纳回答道，"但是我的妻子可能还记得。"

就这样，迪纳的妻子也被带进了王宫。她告诉了国王答案：上个星期日晚上，也就是新月出现的第一天。

现在，在场的所有人都知道了这件事：新月出现的星期日的晚上，精灵们会四处游荡，捉弄凡人。国王让在场的人用自己的脑袋保证，不会把这个秘密说出去。他还宣布，等到新月出现的下个星期日，他会亲自和穆斯里、雷那还有迪纳一起去森林，坐在菩提树下，弄清楚这件事。

他们好不容易等到了这一天。晚上，他们没跟任何人打招呼，就悄悄地出发了。他们走进了森林，很快就见到了那棵菩提树。按照国王的指示，他们全都爬到了树上。到午夜的时

候，大树开始用力地摇晃，然后就真的慢慢飞到了半空中。

"快看，陛下，"迪纳说，"这棵树在飞。"

"没错，我看到了，"国王说，"你说的是真的。现在，让我们安静地坐着，看看接下来会怎样。"

在场的四人紧紧地抓住树杈。大树带着他们越飞越高，后来降落在了一片没有人的海滩上。在他们面前的，是一望无际的大海，巨大的海浪在光秃秃的沙滩上翻滚着。和上次一样，他们又看到了无数的亮光，随处可见。

迪纳偷偷对自己说："上一次，我只拿了离自己最近的4颗宝石，就还清了所有的债务。这一次，我一定要拿更多，越多越好，那样我就发财了。"

"上一次，我用 4 颗宝石就换了一万卢比，"雷那也打起了小算盘，"这一次，我一定要拿 40 颗，那样我就变成大富翁了，说不定还会捞个宰相的官呢。"

"上一次，我用 4 颗宝石换了 10 个村庄，"穆斯里开始幻想，"这一次，我一定要多拿点，最好能买一个国家，自己当国王。对了，我还得找一个宰相。"

国王心里则是这样想的："8 颗宝石太少了，根本没什么用！这里有这么多宝石，做 20 条项链都没问题。再说，有了钱，才能拥有更大的权力。"

这 4 个贪得无厌的人从树上下来后，立刻把衣服铺在沙滩上，一边手忙脚乱地抓那些闪亮的宝石，一边观察其他人的战果。他们一心一意地为自己的发财梦而努力着，竟然没有注意到天已经亮了。

大树突然飞上了天，留下这 4 个贪心鬼在沙滩上干瞪着眼。和他们想的一样，每个人的衣服里都塞满了珍贵的宝石，沉甸甸的，但是又有什么用呢？

在城里，太阳升起的时候，王宫内乱成了一锅粥。宫里的侍卫说，国王昨天晚上出去后一直没回来。

"天啊！"有人说，"是的！穆斯里宰相是和国王陛下一起走的，他没准知道陛下在哪儿。"

于是，他们来到宰相府，却得知宰相昨天晚上出去后就再也没回来。"不过，"一个仆人说，"说不定银行家雷那知道他在哪儿，因为穆斯里宰相是和他一起出去的。"

接着，他们又一起来到雷那家，得知银行家雷那也是昨天晚上出去的，并且到现在还没有回来。看门人说，雷那是和卖油人迪纳一起走的，迪纳可能知道他的下落。

最后，他们又来到了迪纳家。谁知道，迪纳的妻子看见他们后着急地说："迪纳昨天晚上去找雷那，到现在连影子都没见着。"

他们等啊等，但是一个人都没有回来——这4个可怜的人到现在还是杳无音信。迪纳妻子讲的这个故事虽然疑点重重，却是我们寻找他们的唯一线索。

迄今为止，在那个国家，对于那些人心不足蛇吞象，想得到全世界最终却一无所获的人，人们总是会这样说：

"一个人都没回来——迪纳、雷那、穆斯里、国王谁都跑不掉。"

听说过这句谚语的人已经不多了，100个人里最多只有5个，更别说这句谚语背后的深意了。

绿骑士

从前有一位国王，他只有一个独生女儿。小公主长得美若天仙，是国王和王后的掌上明珠。在父母的万千宠爱中，到小公主 12 岁那年，王后生了一场重病，吃什么药都没用。为了把王后治好，王国里最好的医生想了无数种办法，王后的身体还是越来越糟。去世前，她对国王说："我想让你发誓，以后无论你愿不愿意，不管我们的宝贝女儿想要什么，你都必须满足她。"

看见国王犹犹豫豫的，王后接着说："如果你不答应，我死不瞑目。"国王只好点头答应了。国王发完誓后，王后放心地闭上了眼睛。

王宫附近住着一位伯爵夫人，她的女儿正好和小公主差不多大，所以两个小姑娘常常在一起玩。王后去世后，小公主恳请父亲同意让伯爵夫人也搬来王宫住。国王当然不愿意，因为他对她还有些怀疑，但是看见小公主恳求的目光，他实在狠不下心拒绝。

"亲爱的父亲，我太孤单了，"小公主说，"虽然您送给了我很多漂亮的礼物，但是又有什么用呢？我最想要的是我的母亲。如果伯爵夫人能和我住在一起，就能给我母亲般的爱。"

就这样，国王命人为伯爵夫人准备了一套豪华套间。小公主终于能和伙伴天天住在一起了，她高兴得跳了起来。伯爵夫人和女儿住进了王宫，在之后的很长一段时间里，一切都是那么美好：她们竭尽所能地关爱小公主，小公主几乎忘却了过去的孤独和难过。然而有一天，当两个小姑娘正在花园里玩闹时，伯爵夫人来了，她看起来像是要出远门。她温柔地亲吻着小公主，说："再见了，我亲爱的孩子，我和我的女儿现在要离开这儿，去一个很远很远的地方。"

可怜的小公主哭得非常伤心。"求求您，不要走，我不要一个人。"她泣不成声，"你们走了，我怎么办？请你们留下来吧！"

伯爵夫人摇了摇头说："我也舍不得你，亲爱的孩子！可是没办法，我必须要走了。"

"我怎样做才能把你们留下来呢？"公主问。

"只有一个办法，"伯爵夫人回答道，"但那根本就是不可能的事。还是算了吧，就当我没有说过。"

"这世界上没有我办不成的事。"小公主坚持着，"告诉我吧，我保证能做到。"

最后，伯爵夫人说了出来。

"如果你的父亲能让我当王后，我就留下来，"她说，

"但是我知道，他是绝对不可能答应的。"

"啊，那还不容易吗？"公主大声说。她高兴地想着，这次，她们就不用离开了。所以，她跑去找她的父亲，恳求他马上和伯爵夫人结婚。在这之前，不管公主提出什么要求，国王全部都答应了，所以公主觉得这一次父亲也会爽快地答应。

"什么事，我的女儿。"国王问道，"你怎么哭了？有什么不高兴的事吗，快跟我说说。"

"父亲，"她说，"我想让您和伯爵夫人结婚——如果您不答应，她就会离开王宫，到时候就只剩下我一个人了。您从来没有拒绝过我，现在也请您不要拒绝我。"

国王的脸色变得很难看。说实话，他对伯爵夫人一点儿好感都没有，更不用说和她结婚了。再说了，他一直对过世的妻子念念不忘。

"不可能，我绝不会答应。"他坚决地说。

小公主又开始哇哇大哭，泪水像断了线的珠子一样从脸颊上滑落。她哭得太伤心了，父亲觉得于心不忍。这时候，他想起了自己曾许下的承诺：无论女儿想要什么，他都必须答应。没有办法，他只能同意娶伯爵夫人。小公主听后立刻破涕为笑，飞快地跑着去告诉了她们这件事。

没多久，王宫里就举行了一场盛大的婚礼，伯爵夫人真的成了王后。虽然王宫里洋溢着欢乐的气氛，国王却觉得忐忑不安、心情沮丧，因为他已经猜想到了这桩婚姻的后果了。果然如此，结婚没多久，王后对公主的态度就发生了翻天覆地的变化。她非常嫉妒公主，因为公主是合法的王位继承人，并且她马上就露出了马脚。和小公主说话时，她不再像以前一样和蔼可亲，变得粗鲁残暴，甚至还扇了公主几个耳光。

看到女儿的处境，国王觉得非常难过。后来，女儿的情况越来越糟，国王再也忍不下去了。有一天，他派人把女儿叫到身边，说："我的宝贝女儿，你现在过得一点儿都不快乐，这一切都是拜你继母所赐，所以你还是离开这儿吧。我已经命人在湖中央的小岛上专门为你修建了一座城堡，你就去那里住吧，想干什么都行，只要你高兴。放心吧，我绝不会让你的继母踏进那里一步。"

公主高兴极了。当她看到城堡的那一刻，更高兴了：城堡里到处都是美丽的摆设，窗户也非常多，从各个窗户都可以欣赏到外面的蓝色湖水。湖边还有一条船，没事的时候她可以去划划船。还有一个漂亮的花园，她什么时候想去逛逛都行，再也不用担心看见那可恶的继母了。国王还答应她，每天都会来看她。

公主在惬意的环境中生活了很长时间，长得越来越美，见到她的人都会忍不住称赞道："公主是这个世界上最可爱的女孩儿。"继母听到这句话后，更加憎恨公主，因为她的亲生女儿不仅长得难看，还很愚蠢。

有一天，国王听到了一个消息：邻国为了给王子庆祝生日，特意邀请骑士和贵族们在他们的国家举行盛大的聚会，到时会举办丰富多彩的活动，有比武大会和宴会等。从这里出发，骑马的话两天就能到达邻国。

公主的父亲也收到了请帖。出发前，他去和女儿告别。虽然公主有了自己的小天地，再也不必忍受王后的折磨，但是她觉得非常孤独。她对父亲说，她很寂寞、很难过。父亲好不容易才把她劝好了，对她说他很快就会回来。还问她，有没有什么需要他帮忙的。

"没错，"公主说，"请您帮我向绿衣骑士问好。"

国王愣了一会儿，思考了片刻，因为他根本就不知道绿衣骑士长什么模样。但是他必须赶紧出发，没时间继续问了，所以他答应了女儿。为了满足女儿的愿望，他来到那座即将举行庆祝活动的宫殿王宫时，打听的第一件事就是："请问，有谁知道绿衣骑士在哪儿吗？"

但是很遗憾，没有一个人知道，为此他们都觉得很抱歉——很明显，这个人并没有来参加聚会。国王非常失望，就连热闹的宴会和比武大会也没让他开心起来。

接着，他逢人就问："你知道绿衣骑士在哪儿吗？"但是所有的人就像商量过一样，答案竟然是一模一样的："抱歉，陛下，我们从来没听说过这个人。"

所以国王觉得一定是公主搞错了，这个世界上根本就没有所谓的绿衣骑士。几个月来，这还是公主第一次请他帮忙，他却没有办到，他觉得很沮丧，不知道该怎样面对公主。国王一直在沉思，就连自己偏离了回家的路也浑然不觉。他一直往前走啊走，突然发现自己来到了一片茂密的大森林里，这个地方他从来没有来过。他接着往前走，到处找出路。直到太阳快要落山的时候，他才不得不承认自己迷路了。正好在这时，他看见一个人赶着一群猪走了过来。国王欣喜若狂，赶紧骑着马上前问道："您能告诉我这是哪儿吗？我迷路了。"

"这里是绿衣骑士的森林。"那人回答道，"这些猪就是他的。"

听到这句话后，国王觉得轻松多了。"绿衣骑士在哪儿？"他着急地问。

"他在离这儿很远的地方。"猪倌回答道，"我来帮你指路。"他带着国王走了一会儿，告诉国王正确的路线后，国王就和他道别了。

国王很快就来到了另一片森林。又一个猪倌赶着一群猪朝他走了过来。

"请问，这些猪是谁的啊，朋友。"国王问。

"这是绿衣骑士的。"那人回答道。

"那他家在哪儿？"

"哦，就在前面不远的地方。"那人说。

国王接着往前走，最后来到了一座雄伟的城堡前。城堡坐落在一片美丽的花园中间。花园简直太美了，除了一个大理石喷泉外，一只只在宽阔的绿草坪上漫步的孔雀在城堡里随处可见。喷泉旁边坐着一个帅气的年轻人，他穿着一身绿色的铠甲，正在给水里游来游去的金鱼喂食。

"这位一定是绿衣骑士。"国王想。他向年轻人走过去，彬彬有礼地问道："先生，我来帮我的女儿向您问好。我已经走了很久，现在在您的森林里迷了路。"

骑士不知道怎么回事，疑惑地看着国王。

"我从来没见过您或者您的女儿。"最后他说，"但不管怎么样，我都非常欢迎您。"然后，他示意国王去城堡坐坐。但是国王并没有领会到他的意思，还在继续说，女儿让他给绿衣骑士带个口信，而整个王国只有他这一个绿衣骑士，所以口信肯定是带给他的。

"您必须在这里住一晚。"骑士说。此刻，太阳已经下山了，所以国王欣然接受了骑士的邀请。他们一起坐在城堡的餐厅里，餐桌上的美食非常丰盛。虽然国王见多识广，到过很多金碧辉煌的王宫，却从来没有像今天一样，吃得那么满意、那么开心。而且主人那么聪明、善解人意。所以国王在心里对自己说："这个骑士一定会是个好女婿。"

第二天上午，国王启程回国，绿衣骑士交给他一件镶着珠宝的铠甲上衣，对他说："国王陛下，请您帮我把这件礼物送给您的女儿。我在里面放了一张我的画像，等我去看望她的时候她就能认出我了。我敢百分之百地肯定，我在梦中见到的那个姑娘就是她。您放心，我一定会去娶她的。"

国王真诚地祝福了骑士，并保证一定把礼物带到。然后就骑着马出发了，走了很久很久才回到了家。

此刻，公主急得像热锅上的蚂蚁一样。一看见父亲，她高兴地扑上来，抓住了父亲的胳膊。

"父亲，您见到绿衣骑士了吗？"她急切地问道。

"见到了。"国王回答道，然后拿出了那件铠甲上衣。"喏，这就是他送给你的礼物，里面还有他的画像。等到下次他来看望你的时候，你就不会认错人了。"

很快，绿衣骑士就真的来拜访公主了。他穿着一件绿色的铠甲，头盔上装饰着一根长长的绿色羽毛，显得神采奕奕。只一眼，公主就深深地爱上了骑士——比以前更爱；骑士呢，一看见公主，马上就认出她就是一直在他梦中萦绕的那个姑娘。他请求公主嫁给他。公主害羞地低下了头。

"在我们结婚之前，千万不要告诉我继母这件事，"她叮嘱道，"否则，她肯定会搞破坏的。"

"一切都听你的，"骑士答应道，"但是请答应我每天都来看你，见不到你，我根本就活不下去。我清早来，天黑后再离开，这样就不会被你继母发现了。"

在那之后的很长一段时间里，绿衣骑士每天都会来和公主见面。他们两一起在美丽的花园里散步，连续走几个小时也丝毫不觉得累。在这里，他们不用担心被王后看见。但是大家都知道，这世界上根本就没有不透风的墙。一天清晨，王宫里的一个女仆从湖边经过的时候，正好看见一个年轻帅气的男子穿着一身绿衣裳，慢慢地走向岸边。骑士并没有意识到自己已经被发现了，只顾着继续往前走，然后在岸边乘坐一条小船向湖中的小岛划去。女仆一边走，一边在想这个男子到底是谁。然后，她走进了王后的寝宫。给王后梳头的时候，她忍不住问："王后陛下，有人在追求公主，这件事您知道吗？"

"少在那儿胡说八道！"王后生气地喊道。她的亲生女儿不仅脾气暴躁，而且很愚蠢，所以到现在都没嫁人。更糟糕的是，很可能这辈子都没人愿意娶她。一想到这里，她的气就不打一处来。

"我没有骗您，"女仆坚持道，"那个人穿着一身绿衣裳，长得非常帅。我看见他了，但是他没有发现我。他划一条小船去小岛，公主就在城堡的大门口等着他。"

"我一定要搞清楚这到底是怎么回事。"王后心想。但当着这个忠诚的女仆的面，她一个字都没透露，只是命令她管好自己的嘴巴，其他的什么都别管。

第二天一大早，王后很早就起床了。她藏在岸边的一棵树后面。和女仆说的一样，她看见一个穿着绿衣裳的骑士坐着一条小船划向了小岛，公主则在门口迎接他。嫉恨瞬间充满了王后的心，她气得快疯了。她在湖边等了整整一天，直到夜幕降临时骑士才回来。上岸后，他把船系好，接着就在森林里消失了。

　　"原来如此。"王后心想，"不管怎么样，我绝不允许那个可恶的丫头在我女儿之前结婚。看来，我得想个办法。"

于是，王后把一根钉子丢进毒液里浸泡，然后把这根有毒的钉子钉在了骑士的船桨上。只要骑士拿起船桨，就一定难以逃脱。准备就绪后，她洋洋自得地回到了寝宫。一想到自己的阴谋即将得逞，她就露出了狰狞的笑容。

第二天，绿衣骑士又和平常一样去探望公主。他开始划船的时候，突然感觉到手被用力地扎了一下。

"怎么回事啊，这里怎么会有一根钉子呢？昨天还没有呢！"他在心里想，"幸好不是特别疼。"这原本是一件小事，所以他不准备告诉公主。但是晚上回家后，骑士觉得浑身难受，只好上床休息一会儿，只有一个老用人陪着他。这一切，可怜的公主什么都不知道。

公主已经很久没见到绿衣骑士了，既担心他遇到了什么麻烦事，也担心他被某个漂亮的姑娘抢走了。她等了很久很久，一直没有骑士的消息，唯一能帮助她的父亲正好又出门在外。除此之外，她再也想不出任何办法打听心上人的下落。

时间慢慢地过去，有一天，公主正坐在窗边哭泣，一只小鸟突然落在了窗下的树枝上。小鸟开始唱起悠扬动听的歌儿。听着听着，公主停止了哭泣，全神贯注地聆听鸟儿的歌声。很快，她就意识到小鸟的目的是引起她的注意。

"你心爱的人生病啦！"小鸟唱道。

"什么？"公主大声喊道，"那我怎么办？"

"你必须马上去你父亲的王宫。"

"为什么？"公主问。

"在那里，你会看到一条大蛇和九条小蛇。"

"啊！"公主大惊失色，因为她一点儿都不喜欢蛇。

　　但是小鸟似乎并没有察觉到公主的神情，继续说："把小蛇装进篮子里，然后把它们带到绿衣骑士的王宫。"

　　"为什么要去那里？"公主问。虽然面对的只是一只小鸟，但她还是羞红了脸。

　　"记住，打扮成厨房女仆的样子，去那里干活。然后熬点儿蛇汤让骑士喝，连续喝三次，他就会痊愈了。"

　　"他为什么会生病？"公主问，但是小鸟已经飞远了。她想不到其他的办法，只好去父亲的王宫。在王宫里，她果然看见了一条大蛇和九条小蛇缠作一团，连蛇头和蛇尾都无法分辨。如果不是要救骑士，公主一辈子都不想碰它们，甚至连看都不想看。好不容易等到大母蛇去洞穴外晒太阳了，她按照小鸟的吩咐，飞快地把小蛇装进了篮子里，马不停蹄地向绿衣骑士的城堡飞奔而去。她整整走了一天，只有在饿了或渴了的时候才会停下来，摘点果子或者采点儿花草。累了的时候，会休息一会儿，但在见到骑士之前，绝不会躺下来睡觉。最后，她终于来到城堡前面。这时，她看见一个女孩赶着一群鹅朝她走了过来。

　　"你好！"公主说，"请问，这是绿衣骑士的城堡吗？"

　　"没错，"女孩回答道，"这些鹅就是他的。但是他病得很严重，如果不在三天内得到救治，他就必死无疑。"

　　听到这个消息，公主吓得面色苍白，头晕目眩，紧紧地抓住身旁的灌木，勉强站稳了。她用尽了全身的力气才清醒过来。公主对赶鹅的女孩说："你想要一件好看的丝绸裙子吗？"

　　女孩的眼睛发光了。

　　"没错，我想要！"她高兴地回答道。

"这样吧，我把衣服给你穿，你把衣服给我穿。"公主说。

女孩还以为自己是在做梦呢，这不是天上掉馅饼吗？但是公主真的脱下了自己身上漂亮的衣裙和鞋子，赶鹅的女孩也迫不及待地脱下了自己的粗布衣裳。然后，公主穿上了女孩的衣服，披散着头发。她走进了城堡的厨房，想在这儿找点事做。

"请问，厨房里需要人手吗？"她问。

"没错，我们正好需要。"厨师回答道。他忙得焦头烂额，实在没工夫详细地盘问这个新来的人。

公主好好地休息了一个晚上。第二天一早，她就开始忙个不停。用人们对主人的病情议论纷纷，他们说，他病得很厉害，如果不在三天内救治，就肯定没命了。

正在刷洗锅碗瓢盆的时候，公主突然想起了那些小蛇，以及小鸟的忠告。于是，她对用人们说："我会做一种神奇的药汤，不管是什么病，只要喝了它，马上就会好。既然大夫们救不了绿衣骑士，干脆让我试试吧。"

她的话刚说完，用人们哄堂大笑。

"开什么玩笑呢？所有的大夫都没办法，你一个小小的洗碗工，怎么可能治好骑士的病呢？"

吵归吵，后来人们决定，既然大夫们都没辙，还不如让这个小丫头试试呢！于是，公主高兴地拿出了篮子里的蛇，做成了一锅美味的汤。做好后，她给绿衣骑士盛了一碗，勇敢地走进了他的房间。一群经验老到的大夫正围绕在骑士的床边，他实在太虚弱了，连公主都没认出来。不过，公主穿得又破又旧，就算没病，骑士也不一定能认出来。奇迹发生了：骑士喝了汤后立马就觉得舒服多了，竟然坐了起来。

第二天，他又喝了一碗汤。结果，他能自己穿衣服了。

"这汤简直太神奇了！"厨师说。

第三天，骑士喝完汤后，变得和以前一模一样了。

"请问你是谁？"他问道，"是你救了我吗？"

"没错。"公主回答道。

"告诉我，你想要什么赏赐，说什么我都答应。"骑士说。

"我想嫁给你。"公主说。

骑士被这个勇敢的女孩惊呆了，他皱着眉头摇了摇头。

"抱歉，这件事我不能答应。"他说，"我早已和这个世界上最美丽的姑娘定下了婚约。除此以外，你要什么奖赏都行。"

公主飞也似的跑了。她把自己洗得干干净净的，把破衣服也缝好了。她再次来到绿衣骑士的身边，这回他一下子就认出她了。

很快，他们就举行了热闹而盛大的婚礼，王国里所有的骑士和王子都应邀来参加。美丽的公主穿着闪闪发亮的婚纱，这个壮观的场面人们一辈子都难得一见。当然，公主的父亲也来参加婚礼了。他告诉公主，自从他把那个狠毒的王后和她的女儿赶出王宫后，再也没有人见过她们，说不定她们早就进了野兽的肚子。新郎和新娘把那些不开心的事都忘了，和老国王一起幸福地生活着。等到老国王去世后，他们顺利地继承了王位。

聪明的织布工

　　从前，在一个很遥远的国家，一个国王正坐在宝座上接见上访的百姓，倾听民声，并为他们主持公道。和以往相比，那天来王宫诉苦的人非常少，所以国王决定去花园里转转。

　　突然，外面传来了嘈杂的声音。这时，侍卫走了进来，说东部一个大国的皇帝派使者来访，问国王愿不愿意接见他。国王吃了一惊，因为他和其他人一样，一想到这位威风凛凛的皇帝就觉得胆战心寒。他传令下去，立刻让那位使者进宫，并吩咐人准备盛大的宴会。然后，国王静静地坐在宝座上，不知道这位使者会说些什么。

　　使者进来后，一句话都没说。他的眼睛直直地盯着国王，走到他面前后弯下腰来，用手中的一根木杖绕着国王画了一个黑色的圆圈。然后就坐在椅子上，再也不和任何人说话。

　　国王和大臣们你看着我，我看着你，这位使者简直太莫名其妙了！他们猜不出这位使者到底是什么意思，渐渐地都很不耐烦了。

尽管如此，那位使者还是像一尊雕塑一样一动不动地坐在那儿，谁都不理。毫无疑问，他不会向任何人解释。国王和大臣们在一起议论纷纷，但谁都没有猜出那位使者的意图。国王更加生气了，他气冲冲地向大臣们吼道，如果他们在太阳落山之前还是不知道答案，统统都要掉脑袋。

大臣们非常清楚，国王向来说到做到，所以为了保住自己的小命，他们想到了一个好办法：每个人负责一个区域，挨家挨户地登门向老百姓请教，看看是否有人能解开这个谜。

很遗憾，几乎没有人知道答案，老百姓们个个摇头叹息。但是一位大臣非常幸运，因为他比其他人眼光敏锐。他走进了一户人家，一个人都没有，最先出现在他面前的是一架秋千，秋千上虽然没有人，却一直晃个不停。他对这家的主人非常感兴趣，想亲自见见他。

打开门后，他走进了另一个房间，又看到了一架和刚才一模一样的秋千，并且也在摇晃。透过窗户往外望，映入眼帘的是一小块棉花田，虽然一丝风都没有，田里的一棵柳树却不停地摆动，麻雀们都不敢飞过来。他的好奇心越来越重，他走下楼梯，径直来到了一个宽敞的工作间，一位织布工正全神贯注地坐在织布机旁。他定睛一看，原来这位织布工什么都没干，只是拉扯着一根棉线而已。秋千和柳树被他发明的机器拉着，不停地摇晃，从而带动织布机自己织布。

当大臣看见墙角的大轱辘后，立刻就知道了它的用途，于是情不自禁地长叹了一口气。就算眼前这位织布工也不知道答案，但不管怎么说，他能给大臣一些启发。他欣喜若狂，把使者画圈的事原原本本地都告诉了织布工，并对他说，如果他能解开这个谜团，国王一定会重重地赏赐他。

"请赶紧和我一起走吧，"大臣说，"太阳马上就要落山了，我们没多少时间了。"

织布工一动不动地站在那儿想了一会儿，然后来到窗户旁。大臣看见窗前有个鸡笼，旁边摆着两块牛羊的膝节骨。织布工把这两块骨头揣了起来，然后从鸡窝里抓了一只母鸡，夹在腋下。

"好了，可以走了。"织布工说。

国王仍然坐在王位上，使者也在原地不动。织布工示意大臣站在那儿别动，然后向使者走过去，把骨头放在使者身旁的地板上。使者一看，从口袋里抓了一把小米撒在地上。织布工呢，立刻把那只母鸡放了下来，母鸡开始啄食地上的米粒。使者慢慢地站了起来，垂头丧气地离开了王宫。

使者前脚离开，国王就立马询问起了织布工。

"看起来，只有一个人知道答案，"国王说，"我一定会重重地赏赐你。但是现在，请你告诉我这到底是怎么回事。"

"是这样的，国王。"织布工说。

"使者在您的周围画了一个圈，意思是说他们皇帝想问您，如果他们派兵包围了你的首都，你是会乖乖地投降吗？我把两块骨头给他看，意思就是在我们面前，你们就是乳臭未干的小毛孩，玩的都是些简单的玩意儿。使者又在地上撒了一把小米，是在威胁您，他们的大队人马很快就要到了。而我把母鸡放在地上去吃小米，就是想告诉他，尽管来吧，我们一定会把你们统统消灭。"

"依我看，"织布工补充道，"那位皇帝应该不会再和我们打仗了。"

"你简直就是我的大恩人。你不仅救了我的命，还保住了我的尊严，"国王激动地说，"我会让你有享不尽的荣华富贵。说吧，你喜欢什么，就算是把我的国家分给你一半，我也心甘情愿。"

"不用了，陛下，请您把城门外的那一小块土地赏赐给我吧，我想把它当作我女儿的嫁妆。"织布工说。

"尊敬的国王陛下，我还想对你说一句话，"临行前，织布工对国王说，"请您一定要记住，对一个国家而言，小小的织布工并不是一无是处，他们有时候甚至比大臣们还要聪明呢。"

害怕的滋味

　　从前有个妇女，她只有一个儿子，所以非常疼爱他。他们就住在森林边上的一座小房子里，一个邻居都没有。母亲每天的任务就是在家照顾儿子，他们俩一直相依为命。

　　渐渐地，孩子长大成人了。在一个冬天的夜晚，他们母子俩正在家里坐着，外面突然下起了暴风雪，"砰"的一声把门吹开了。母亲吓得浑身发抖，她小心翼翼地左右看了看，仿佛后面藏着什么恐怖的怪物。"赶紧去把门关上，"她着急地对儿子说，"我太害怕了。"

　　"害怕？"儿子重复了一遍，问道，"害怕是什么？"

　　"呃，害怕就是……害怕呀。"母亲不知道该怎么回答，"就是特别害怕某种东西，但是又不知道是什么原因。"

　　"简直太奇怪了，人竟然会觉得害怕。"儿子说，"就算走遍全世界，我也一定要找到害怕。"第二天一大早，还没等母亲起床，儿子就悄悄地走了。

他走了好几个小时，结果被一座高山挡住了去路。他开始爬山，快到山顶的地方有一片荒凉的岩石地带，那里有几个凶残的强盗。强盗们围坐在火堆边烤火，年轻人觉得又冷又累，看到火就像看到了亲人一样，非常高兴。他热情地对强盗说："先生们，你们好！"说完就挤了过去，挨着他们坐着，双脚差点被燃烧的木柴烫着了。

强盗们放下了手中的杯子，仔细地打量着这个不速之客。后来，强盗头子开口了：

"就算是一群拿着武器的青壮年，也不敢靠近我们。鸟儿看见我们，也会绕道飞走。你到底是谁，竟然敢送上门来？"

"哦，我是来寻找害怕的！请问，你们知道什么是害怕吗？"

"我们在哪里，害怕就在哪里。"强盗头子说。

"但是我没看到啊，"年轻人看了看四周说，"它到底在哪里？"

"把这口锅拿着，再带点面粉、黄油和白糖，去教堂的墓地里给我们烤一个蛋糕吧。"强盗说。此时，年轻人觉得暖和了，于是高兴地拎着锅子下山了。

年轻人来到墓地后，用一些树枝生起了火，然后在旁边的一条小溪里打了点儿水。他把面粉、黄油和白糖搅拌均匀后，就放在炉子上烤。很快，金黄色的蛋糕烤好了，香喷喷的，看起来好吃极了。他把锅放在旁边的石头上后，想把火熄灭，却没想到一只手突然从墓地里伸了出来，还有一个人在说话：

"你烤的蛋糕是给我的吗？"

"当然不是。我可不会把给活人准备的蛋糕给死人吃。"年轻人笑着说，并且用手中的勺子狠狠地打了一下那只手。然后，他拿着蛋糕，吹着口哨爬上了山。

"小子，现在你知道害怕是什么了吧？"年轻人把蛋糕递给强盗们的时候，强盗头子问。

"什么，那里有害怕吗？"年轻人反问道，"我只看见一只手从墓地里伸了出来。那个家伙竟然想把我的蛋糕抢走，我用勺子狠狠地打了他一下，他就不见了。还是这里暖和！"然后，他又在火堆边坐了下来，根本没有注意到强盗们惊讶的样子。他们你看着我，我看着你，不知道该怎么开口。

"再给你一次机会。"过了一会儿，另一个强盗说，"山的那边有一个非常深的水潭。你去那儿吧，没准能找到害怕。"

"但愿如此。"年轻人迫不及待地出发了。

没走多久，他就看见了水潭。在月光的反射下，潭水闪烁着寒光。他走过去一看，水潭边竟然有一架非常高的秋千，上面还有一个小孩子在伤心地哭。

"真奇怪，这里怎么会有秋千呢？"年轻人想，"这孩子怎么了，为什么哭呢？"

他赶紧走过去，一个女子却朝他走了过来，说："我想救我的弟弟，"她大声喊道，"但是这个秋千太高了，我根本就够不着。你可以站在水潭边，让我踩着你的肩膀，把我弟弟抱下来吗？"

"当然可以。"年轻人毫不犹豫地回答道。但是一眨眼的工夫，女子就踩到了他的肩上，一伸手就能把他弟弟抱下来。但是她并没有这样做，而是用双脚紧紧地夹住年轻人的脖子，如果再不松开，不到一分钟，年轻人就可能被掐死，或者掉进水潭里淹死了。年轻人用尽全部的力气，拼命一甩，把那女子扔到了地上，她的一只手镯也滚到了地上。年轻人把手镯捡了起来。

"把这只手镯带走吧，当作纪念也好。从我离开家以来，总是遇到这种稀奇古怪的事。"他自言自语道。他想再看看秋千上的小孩子，但是不知道怎么回事，那小孩子和女子竟然莫名其妙地消失了。正在这时，东方出现了第一缕阳光——天慢慢亮了。

年轻人戴着手镯，向山脚下的城市走去。他早就饿得肚子咕咕叫了，渴得嗓子都快冒烟儿了，却被一个女巫琳娜挡在了前面。"你的手镯是从哪里来的？"琳娜呵斥道，"它是我的。"

"怎么可能？这是我的。"年轻人说。

"这就是我的。赶紧还给我，不然的话有你好受的。"琳娜凶巴巴地说。

"那我们一起去找法官评评理。"年轻人提议，"他说判给谁，这手镯就给谁。"

琳娜答应了。于是，他们走进了法官的审判大厅。认真听了他们的辩词后，法官判决如下：由于双方都没有确凿的证据来证明这手镯是自己的，所以在找到另一只和他一模一样的手镯之前，这只手镯放在法官这儿。

年轻人走出审判大厅，不知道接下来该怎么办，茫然地来到海边。正在这时，不远处的一艘轮船撞到了礁石上，正在迅速地下沉。船员们在甲板上抱作一团，吓得脸都白了。他们拼

命地挥动着胳膊，大喊着救命。

"你们怎么啦？"年轻人喊道。在海浪的咆哮声中，船员们的回答传了过来。

"救命啊，救救我们！我们马上就要被淹死啦。"

年轻人脱掉了衣服，飞快地游向轮船。船员们伸出双手，把他拉到了船上。

"这条船摇晃得厉害，眼看就要沉到海底了。"船员们大声叫道，"我们马上就要死了，我们好害怕啊！"

"快给我一根绳子！"年轻人吩咐道。他把绳子的一头拴在自己的身上，然后就跳进了大海，游到了大海深处，最终潜到了海底。他定睛一看，只见一个凶神恶煞的海妖用钩子钩住轮船，拼命地往下拉。

眼看着轮船一点一点地往下沉，年轻人用力地抓住海妖的胳膊，好不容易才迫使她松开了手，船暂时安稳了。船员们驾驶着轮船，小心地绕过坚硬的岩石。年轻人在海藻中发现了一把生锈的刀子，砍断了身上的绳子，然后用绳子把海妖拴在了一块大石头上，让她动弹不得。接着，年轻人游到了海滩上，一眼就看见了自己的衣服。

年轻人飞快地穿好衣服后，继续往前走，一直走到了一个美丽的花园里。花园里绿草如茵，芳香扑鼻，一条清澈的小河缓缓流过。天气非常热，年轻人已经累得不行了，决定在五颜六色的花丛中歇息一会儿，他很快就进入了梦乡。突然，在鸟儿翅膀的扇动声中，一股清凉的气息扑面而来，他被惊得睁开了眼睛。他慢慢地抬起头，看见三只白鸽一头扎进了小河里。

　　它们欢乐地嬉戏，溅起了阵阵水花，然后潜到水深处不见了踪影。再见到它们时，已经不是三只白鸽，而是三个年轻貌美的女孩，她们抬着一张用珍珠贝母镶嵌而成的桌子。桌子上摆着了用粉色和绿色贝壳做成的水杯，一个女孩倒了满满一杯酒，正要喝的时候，被旁边的姐姐拦住了。

　　"你这是为谁的健康干杯呢？"姐姐问。

　　"为一个年轻人。他把蛋糕烤好的时候，我从地下伸出一只手去找他要，却被他把手指头打掉了。"女孩回答道，"我觉得他是一个勇敢的人！那么姐姐，你又是为了谁？"

　　"我也是为一个年轻人。我在深潭边踩在他的肩膀上时，被他狠狠地甩到了地上，因此昏迷了好几个小时。"第二个女孩说。"那你呢，姐姐，"她把头转向第三个少女，"你是为了谁？"

　　"我好不容易才在深海里抓住了一艘大船，想把它拉到水里。差一点儿就要成功了，"她说。她说话时的模样，和那个丑陋的海妖截然不同。"一个年轻人突然出现了，他迫使我松开了那条船，还把我绑在了一块大石头上。我就是为了他。"说完，这三个女孩举起了酒杯，慢慢地喝着，谁都没有说话。

　　当她们放下杯子的时候，年轻人突然从天而降。

　　"你们刚才是在为我的健康干杯吗？现在我来了。我捡到了一只手镯，一定属于你们中的一位，请你们把另一只给我吧。有个丑八怪非说这只手镯是他的，我不给他，他就把我告到了法官那儿。结果法官把手镯扣了下来，说不找到另一只一模一样的手镯，就永远不会还给我。我跑了很多地方，却没想到在这里找到了。"

　　"跟我们走吧。"女孩们说。年轻人跟在她们身后,穿过狭长的走廊,来到了宽敞的大厅里。那里有很多豪华的房间,一间比一间华丽。其中年龄最大的女孩在一堆金子和珠宝中找出了一只手镯,套在了年轻人的手腕上,正好和原来那只一模一样。

　　"赶紧把这只手镯拿给法官看看,"她说,"没准他会把原来那只还给你。"

　　"我一定会记住你的,"年轻人回答道,"但是我们要过很长时间才能再见面。如果不知道害怕是什么感觉,我一辈子都无法安定下来。"年轻人头也不回地离开了。回到审判大厅,年轻人把那只镯子拿给了法官。然后,他又开始了寻找害怕的道路。

　　年轻人走啊走,从来没尝到过害怕的滋味。一天,他来到了一个大城市,大街小巷上全都是人,人来人往的,压根儿就挤不过去。

　　"你们为什么全都挤在这儿?"他问旁边的人。

　　"我们的国王死了。"那人回答道,"他没有孩子,所以必须寻找一位合适的继承人。每天都有一只鸽子从远处那座高塔里飞出来,它落到谁的身上,谁就会是新国王。再过几分钟,鸽子就要出来了。耐心地等等吧,看看谁的运气最好。"

　　无数双眼睛死死地盯着广场中心的高塔。当太阳升到高塔正上方的时候,塔上的一扇门突然打开了,一只美丽的鸽子飞了出来。在阳光的照射下,鸽子飞到了高高的天上。它飞呀飞,最后竟然落到了年轻人的头上。人群中立刻爆发出了一阵阵雷鸣般的欢呼声。

　　"国王！国王！"在热烈的欢呼声中，年轻人的脑海中竟然出现了这样一个画面：他威武地坐在王位上，为了履行自己的职责而鞠躬尽瘁，比如，让穷人变得富有、让悲伤的人变得开心、让坏人变成好人。但是，他自己想做的事情却一件都没法做，甚至不能和自己心爱的女孩在一起。

　　"天啊，不要啊！"他疯了般大喊起来，用双手紧紧地捂住自己的脸。听到他的呼喊，所有的人都以为他是激动过度，被这突如其来的好事冲昏了头脑。

　　"这样吧，我们再放几只鸽子试一下，免得弄错了。"人们议论道。但令人惊奇的是，所有的鸽子就像商量过一样，全都落在了年轻人的头上。人们的欢呼声更热烈了。

　　"国王，你就是我们的国王陛下！"年轻人听后，情不自禁地打了个寒战，一种从未有过的感觉涌上了他的心头。

　　"这就是你害怕的感觉，你不是一直在找它吗？"他的耳边响起了一个声音。年轻人无可奈何地低下了头，那些画面又在他脑海中浮现。除了接受命运的安排以外，他还能怎么做呢？恐惧将陪伴他一生。

蓝鹦鹉

很久以前，在遥远的阿拉伯，生长着一片茂密的棕榈林，那里鲜花怒放，馥郁芬芳。在炽热的烈日下，人们长途跋涉，走了几天就已经精疲力竭，到这里正好可以好好休息一下。

这里的国王很年轻，名字叫里诺，他的父亲刚过世不久。在父亲的精心教导下，他虽然只有19岁，却不像有的年轻人那样，为了表现自己的聪明和睿智就一门心思地想推翻所有的法律。现在，国泰民安，所以他觉得现有的法律很好。对所有的臣民来说，他唯一的缺点就是：尽管希望他结婚的祈祷声此起彼伏，他自己却一点儿都不着急。

邻国的国王是女王天鹅仙女，她有一个独生女，就是赫摩萨公主。里诺是一个帅气的小伙子，同样，赫摩萨是一个漂亮的女孩。天鹅仙女派一位大使一直待在里诺的身边，当听说里诺一直无意娶妻时，这个好心的大使决定当一回月老。

"正因为如此，"他说，"要找一个和赫摩萨公主相配的人，里诺国王是唯一的人选。不管付出什么代价，我都要把他们拴在一起。"

使者心想，主动提出把公主嫁给里诺这条路肯定行不通，最难的是，怎样才能让国王自己想明白，主动去求婚。幸运的是，这位使者对宫廷之事游刃有余，他先是和里诺谈论起了他最喜欢的绘画艺术，然后神不知鬼不觉地把话题转移到画像上，装作不经意地提到最近有人为他们公主画了一幅非常漂亮的头像。

"虽然从表面上看有点相似，"他用专业的口吻说，"但说不定连过去的一幅小画像都比不上呢。"

"天啊！"他深深地叹息道，"这绝对不是真的！这世界上怎么可能会有如此美丽脱俗的女人呢？"

"只要您亲自见见她，就会知道真相了。"使者回答道。

国王一言不发。但第二天一大早，他就命人召使者进宫，对此，大臣一点儿也不觉得惊讶。

"自从看了你那幅画像后，"还没等关上门，里诺就着急地打开了话匣子，"公主的美貌在我的脑子里挥散不去。我让您来就是想告诉您，我打算派使者去天鹅仙女的王宫，请她答应把女儿嫁给我。"

"您非常清楚，这可是一件天大的事情，我没有权力替我的女王做任何决定。"使者答道。他用手指轻抚着胡须，拼命想掩饰自己内心的激动。"但有一点我很确定，女王一定会对您的求婚感到高兴的。"

"如果是那样就再好不过了，"国王兴奋地喊了起来，脸上散发着激动的光芒，"那我就不派特使了。我决定亲自去拜访，请您和我一起去。我需要三天的时间去准备，到时候我们就出发吧。"

但不幸的是，一个邻国的国王叫埃斯蒙纳，他是一个非常厉害的巫师。他有一个女儿叫瑞凯托，长得很难看，但在她父亲看来，她是全世界最好看的姑娘。

瑞凯托也深深地爱上了画像上的人，那个人就是里诺。她再三恳求父亲，想办法让里诺娶她。尽管埃斯蒙纳认为这世界上任何人都配不上自己的心肝宝贝，但禁不住她苦苦哀求，最终还是决定派遣重臣去拜见里诺国王。

但就在此时，他听说里诺已经在去往天鹅仙女宫殿的途中了。瑞凯托悲伤欲绝，请求父亲阻止这门亲事。埃斯蒙纳国王同意了。他叫来了一个叫拉勃特的小矮人，他长得非常丑陋，并且还是个驼背。

埃斯蒙纳念了几句咒语，里诺和他的随从们的面前就出现了一道岩石山谷。听到马蹄声后，这位巫师拿出了一块被施了魔法的手帕，不管是谁，只要轻轻地碰一下，立刻就会变成隐形人。他让小矮人拉勃特拉着手帕的一角，自己则紧紧地抓着另一角，这样就没有人能看见他们了。他们成功地出现在了马车夫面前，却连里诺的影子都没看见。

这其实一点儿也不奇怪：连日来，里诺兴奋之余再加上长途跋涉，早就已经累得快散架了。于是，他下令让一些马车打头阵，先走一步，那些马车上装得满满当当的，全都是送给公主的礼物。而此时，他正和几个朋友一起坐在棕榈树下休息。埃斯蒙纳找到他们的时候，他们正在呼呼大睡呢。

埃斯蒙纳施了魔法，将他们变成了动弹不得的雕像；然后，他们脱光了里诺的衣服，让他穿上了小矮人拉勃特的衣服。埃斯蒙纳又用戒指碰了碰拉勃特，说："变成里诺的样子，直到你娶了天鹅公主的女儿为止。"

巫师法力高强，所以拉勃特以为自己真的成了国王。

假新郎骑着里诺的马渐渐消失在远方。埃斯蒙纳把一动不动的里诺扶了起来。里诺惊讶地看着自己身上的脏衣服，但还没等他四处张望，就被巫师用一片云包裹着，带到了他的女儿跟前。

这时，拉勃特一行人继续赶路。身边的人早已不是自己的国王，却没有一个人发现。

"我快饿死了，"拉勃特说，"赶紧给我弄点好吃的。"

"很抱歉，陛下，"管家回答道，"我们的帐篷还没搭好，您至少还要等一个小时，我们才能为您准备晚餐。我觉得——"

"你觉得？"假国王不耐烦地打断了管家的话。"你就是个大笨蛋！我要吃马肉——这可是世界上最美味的食物。"

管家简直不敢相信自己的耳朵：国王里诺一直是全天下最儒雅、最绅士的人，现在竟然会对自己最信任的臣仆如此蛮横、粗暴。他还要吃马肉！到底发生了什么事？他对饮食的要求一向很高，除了水果和糕点，他几乎什么都不吃。唉，他为什么突然像变了一个人似的？但是能怎么办呢？如果不想掉脑袋，那就只能照做。也许是爱情让他发疯了！如果真的是这样，他还能变回原来的样子吗？

老仆人为行为反常的主人找了无数个理由，当大部队终于到达天鹅仙女的府邸时，他们连一匹马都没有了，只好走着来到王宫。在此之前，随从们拼命掩饰心中的惊诧，请求国王和他们一样步行，因为他们认为国王可能也喜欢走路。进了城门没多久，所有人就看见天鹅仙女和她的女儿正站在低矮的阳台上，等待着他们的到来。假国王在阳台前停住了脚步。

"亲爱的夫人，"他说，"我知道自己这副模样来求婚很失礼，您一定觉得非常奇怪。但是天高地远，我很饿，所以就把马吃掉了。您知道吗，那可是世界上最棒的美味。我还强迫我的随从也和我一样，吃掉了他们自己的马。但不管怎么说，我仍然算得上是个伟大的国王。我想娶您的女儿，这事儿就这么说定了。赫摩萨在哪儿呢？"

女王对这位国王的语气感到又气又急，而且眼前这一切和她想象的根本就是天差地别。她竭力让自己保持镇定，说道："你不是有我女儿的画像吗？如果你不能一眼就把她认出来，证明你压根儿就对那幅画没什么印象。"

"什么画像？我记不清了。"拉勃特回答道，"没准就放在我的口袋里了呢。"他把所有的口袋翻了个底朝天，却什么都没找到。两位女士目瞪口呆地盯着他。他转过身来，对气得满脸通红的公主说："如果你就是我要娶的那个姑娘，我觉得你的确很美。我可以肯定，假如我看过你的画像，我就一定会记住你。我们立刻举行婚礼吧。但是现在，我必须马上睡觉，因为你们的国家和我们不太一样。这么多天来，我们一直在沙子和石头上行走，终于可以好好休息一下了。"

话音刚落，甚至还没等女王吩咐仆人带他进房间休息，他

就开始呼呼大睡，即使是在城市的另一端，也能听到他那震耳欲聋的呼噜声。他刚离开，可怜的公主就在母亲的怀里号啕大哭。15天来，她日夜盯着里诺的画像。大使曾写了一封信，把年轻国王温文儒雅的气质和无穷的魅力描述得清清楚楚，她一直把这封信像宝贝一样藏在口袋里。

没错，眼前这个人和画像是一模一样，但如此文雅的外表里面隐藏着的竟然是一个如此粗鄙的灵魂。如果他能表现出一丝一毫的爱慕之情（这是公主所习惯的），没准她还能勉强接受，而她的母亲呢，就是那个可怜的天鹅仙女，也被未来女婿的奇怪举止弄得稀里糊涂的，她呆呆地坐在那里，什么话都说不出来。

国王里诺的管家请求和女王陛下单独谈一谈。他告诉女王他觉得主人要么突然变成了疯子，要么就是中了魔咒。

"之前我简直太惊讶了，"管家说，"但现在他竟然连公主都不认识了，公主的画像也没有，这太奇怪了，因为那幅画像他一直随身带着。也许，女王陛下可以用您的仙术，找出国王突然变化的原因。要知道，他一直是一个非常有礼貌的人啊。"

管家离开后，女王站起身来，开始思考。过了一会儿，她脸上的愁云消散了。她走进了密室，从一个旧箱子里拿出了一面小镜子。这可是一面神奇的小镜子，能让她看到她想知道的所有真相。而现在，她最想知道的就是眼前这个国王到底是怎么回事。

没错，管家的怀疑是对的！那个横躺在床上、鼾声如雷的人压根儿就不是里诺。她真正的女婿此刻正穿着破旧肮脏的衣服，被埃斯蒙纳巫师关在最坚固的囚塔里，亲吻着赫摩萨的画像。为了保住画像，年轻的国王把它藏在了头发里，幸好没有被发现。女王赶紧把女儿叫来让她亲眼看一看这一幕。赫摩萨终于看到了真正的里诺，心里非常高兴，她心目中的白马王子就应该是这样的。她呆呆地盯着镜子里的里诺。

突然，镜子里出现了一副可怕的情景：瑞凯托走了进来，她双眼上挑，似乎在请求里诺，但被狠狠地拒绝了。赫摩萨和母亲虽然听不见他们在说些什么，但是猜出当时的情况并不是什么难事。她们还看见，瑞凯托被拒绝后恼羞成怒，命令四个身强力壮的男人拼命地鞭打里诺，直到他被打晕过去才停手。赫摩萨眼睁睁地看着里诺挨打，她的手一颤抖，镜子掉到了地上。如果不是母亲抱住了她，她就瘫倒在地了。

"振作点，我的孩子，"女王说。"我们一定要竭尽全力把里诺救出来。但首先，我们必须知道那个冒名顶替的家伙到底是谁。"

女王拿起镜子，想看看那个假国王。很快，她们在镜子里看到了一个穿得脏兮兮、油乎乎的新郎官，他正躺在女王的大床上呼呼大睡。

"原来是埃斯蒙纳玩的花样。既然如此，我们就必须复仇。但是他的法力比我高强，所以我们一定要小心，千万不能让他知道我们已经发觉了他的把戏。首先，我必须离开王宫。如果那个假国王问起来，你就说我去王国的边境处理一些紧急事务。同时，你们一定要对他礼遇有加，尽情地款待他，让他高兴。如果他有什么怀疑，你干脆直接告诉他，我打算在你们结婚后就把王位传给他。好了，再见吧。"说完，天鹅仙女挥

挥手，一片云彩就落下来把她遮住了。

在风的吹动下，一朵美丽的白云飞快地从空中飘过，谁都不知道那就是天鹅仙女的马车，载着她来到了埃斯蒙纳囚塔的上空。

这座囚塔被茂密的森林（奇幻森林）紧紧环绕，所以女王觉得，在树荫的遮蔽下，她就能神不知鬼不觉地降落到地面上。但是囚塔被施了魔法，她越想降到地上，就越感觉到一股强大的力量紧紧地抓着她。最后，女王想尽了一切办法，好不容易才降到了塔底，她已经累得筋疲力尽了。

到塔底后，她立刻施展法术，结果发现只有借助吉格斯戒指上的宝石之力才能打败埃斯蒙纳。但是戒指到底在哪儿呢？魔法书上写道，埃斯蒙纳寸步不离地守护着这枚戒指和其他宝贝。不管多难，她都要找到戒指，当前最紧要的事就是找到真正的国王。于是，女王拿出书写板，写道：

"给你带这封信的小鸟是天鹅仙女，也就是赫摩萨的母亲，她像爱自己的女儿一样爱你。"接着，女王告诉里诺，他中了坏人的圈套。然后，女王变成了一只小燕子，绕着高塔不停地盘旋，终于找到了关押里诺的监牢。无奈监牢的窗子太高了，高得甚至连铁栅栏都不用装，门外还有4个士兵寸步不离地守着。

小燕子飞了进去，落在了里诺的肩上。里诺正在痴痴地盯着公主的画像，过了好久才发现这只小鸟。仙女用信的一角轻轻地碰了碰里诺的脸颊，他猛然一惊，向四周看了看，看到小鸟的那一刻，他知道自己就要得救了。里诺打开信，看了上面的内容后激动不已，急切地问了很多关于赫摩萨的问题，足足有一千多个。仙女说不了话，只能不停地点头示意，让他继续往下看。

"我必须假装愿意和那个丑陋的瑞凯托结婚吗？"看完信后，里诺问道，"我能拿到巫师手中的那枚戒指吗？"

第二天一大早，瑞凯托像往常一样准时来探望里诺，这次他的态度彻底变了，对瑞凯托非常有礼貌。这个突如其来的变化让巫师的女儿又惊又喜，但更多的还是喜悦。趁这个机会，里诺告诉她自己做了个梦，梦见赫摩萨已经爱上了别人；而且一位仙女告诉他，只要把埃斯蒙纳手中的那枚戒指上的宝石握在手中一天一夜，就能把他所有的爱都转移到埃斯蒙纳的女儿身上。

瑞凯托欣喜若狂，忍不住扑上去搂住了里诺的脖子，紧紧地抱着不肯撒手。里诺觉得厌恶极了，他宁愿挨打，也不愿意感受眼前这一切。但现在他无路可走，只能竭尽全力讨好她。过了很久，瑞凯托松开了里诺，因为她要马上去找那块神奇的宝石，里诺心里的石头终于落地了。

女儿的请求引起了埃斯蒙纳的怀疑，但转念一想，里诺被关在监牢中根本就不可能逃走，更不可能和天鹅仙女联系。尽管如此，埃斯蒙纳也不能掉以轻心，拼命压制住内心的惊讶，告诉瑞凯托他做的一切都是为了让她高兴，如果她真的想要那块宝石，他就送给她。然后埃斯蒙纳走进密室，运用法力，发现天鹅仙女就藏在自己的王宫里。

"果然如此！"他露出了狰狞的笑容，"如你们所愿吧，她很快就会得到一块宝石。但是只要碰那块石头，无论是谁，都会变成一块大理石。"他把一小块红宝石装在盒子里，交给了他的女儿。

"这可是宝贝，它会帮助你获得里诺的真心。"他说，"但是要记住，把盒子交给里诺的时候千万不要打开，不然的话就不灵了。"

瑞凯托兴奋地欢呼着，迫不及待地从父亲手中把盒子夺了过来，向监牢飞奔而去。她的父亲跟在她身后，手里紧紧地攥着那块魔法手帕，把自己藏了起来，为的就是亲眼看看咒语的效果。果不其然，天鹅仙女就站在塔下面（不小心现出了原形），眼巴巴地等着里诺把宝石从窗口扔出来。所以当盒子从里诺手中扔出来时，她赶紧抓住了它，但在她的手指碰到红宝石的一瞬间，就觉得四肢麻木，全身僵硬。她用尽全部的力气动了动舌头，却只吐出了几个字："我们上当了。"

"没错，你上当了，"埃斯蒙纳阴险地吼叫道，"还有你这个可恶的家伙，"他用力地把里诺拉到窗前，"我要把你变成一只鹦鹉，直到你能说服赫摩萨，把你打伤为止。"

他刚说完，一只蓝鹦鹉就从窗子里飞了出去，飞到了茂密的森林中。接着，巫师乘着像小鸟一样的马车飞到了天鹅岛，把所有的人都变成了雕塑，一动不动的，甚至连拉勃特也不例外，除了赫摩萨。他命令赫摩萨坐在他的马车里，几分钟后他们来到了奇幻森林。巫师走了下来，不幸的公主也被拉了下来。

"你的母亲被我变成了一块石头，你心爱的白马王子被我变成了一只鹦鹉。"他说，"你很快就会变成一棵树，除非你能敲一下你最爱的那个人的脑袋，否则你就永远变不成原来的样子。不过，我会保留你原本的思想和记忆，因为我要让你感受到一千倍的痛苦和折磨。"

虽然埃斯蒙纳法力高强，但就算再给他一百年的时间，恐怕他也想不出比这更残忍的惩罚了。可怜的公主痛苦万分，她到底该怎么办呢？就算里诺变成的那只鹦鹉正好从她身边经过，但蓝色的鹦鹉至少有上千只，她怎样才能确定哪只是里诺呢？里诺又怎样才能认出哪棵树是她呢？还有她亲爱的母亲——天啊，她痛苦地闭上了眼睛，实在不忍心再继续想下去！但她只是一个弱女子，唯一能做的事也就是想想了。

与此同时，蓝鹦鹉正在满世界飞，因此结交了很多新朋友。一次偶然的机会，它飞进了一位老法师的城堡。老法师的新婚妻子年轻貌美，叫格瑞娜迪恩。她的生活很枯燥很无聊，所以对这只鹦鹉玩伴的到来高兴不已。她精心为它准备了金鸟笼，还让它吃香甜美味的水果。但唯一让她失望的是，这只鹦鹉并不像其他叽叽喳喳的鹦鹉，几乎很少开口说话。

"如果你知道我多想听你说话，我觉得你一定会试着开口的。"她总是这样逗弄它，但它就像什么都没听见一样。

有一天，趁她出去采花的机会，鹦鹉跳到了桌子上，衔起一支铅笔，飞快地在纸上写了几行字。刚写完，它就听到一阵声响，所以赶紧放下笔，从窗子飞了出去。

它刚刚放下笔的时候，老法师正好走进了房间。他看见桌子上有一张纸，就好奇心地拿了起来，一边读一边瞪大了眼睛。纸上是这样写的：

"美丽的公主，为了赢得你的芳心，

我想告诉你所有的事；

虽然我知道，事实上，

沉默远远超过喋喋不休的布谷。"

"看来，它是中魔咒了。"老法师一边自言自语，一边翻开法书寻找答案。他发现，它压根儿就不是真正的鹦鹉，而是一位被施了魔法的国王。说来也巧，那位巫师正好是老法师的死对头，是他最厌恶的人。老法师赶紧读下去，想找到解除咒语的办法。最后，他终于找到了答案，欣喜若狂。老法师立刻去找妻子。

此时，格瑞娜迪恩正舒舒服服地躺在树下的垫子上，鹦鹉则栖息在树枝上。老法师告诉妻子，她最喜欢的宠物其实是一

个大国的国王，如果她愿意，就对着鹦鹉吹声口哨，然后他们一起去奇幻森林。

"在那儿，我可以让鹦鹉恢复原形。但要记住一点，不管我干什么，你都不要害怕，更不要喊出声来，"他提醒妻子，"否则就会前功尽弃。"

格瑞娜迪恩高兴得跳了起来，吹起了一首鹦鹉喜爱的歌。鹦鹉却充耳不闻，直到女主人转过身去，它才离开树枝，停留在她的肩膀上。然后，他们登上了一艘金船，在奇幻森林的一片空地上停了下来，旁边有三棵参天大树。

"看着吧，见证奇迹的时刻就要到了，"老法师对妻子说，"把鹦鹉放在树枝上吧，这样才能保证它的安全，你离远点，否则树倒下来的时候会砸到你的头。"

听到这句话时，鹦鹉突然想起了埃斯蒙纳的预言，知道赫摩萨就在这三棵树中，因此它的心开始怦怦乱跳。为了让三棵树能同时倒下，老法师用一把铲子给三棵树松了松土。在大树摇摇摆摆，即将倒地的一瞬间，鹦鹉用力地拍打着翅膀向中间那棵最秀丽的树飞了过去。只听见"砰"的一声撞击后，里诺和赫摩萨你看着我，我看着你，紧紧地握着对方的手站在一起。

几分钟后，赫摩萨想到了自己的母亲。当老法师为自己的完美计划沾沾自喜的时候，赫摩萨跪在地上恳求他，让他帮天鹅仙女恢复原形。

"这可不简单，"老法师说，"但我可以尽力试试。"他回家取了一小瓶毒水，等到夜幕降临时就立刻赶到埃斯蒙纳的高塔。如果埃斯蒙纳此时能看看法书，就会对敌人的一举一动清清楚楚，但是很可惜，他酒足饭饱后就做起了美梦。老法师变成一只蝙蝠飞进了房间，藏在窗帘后面。他小心翼翼地把药水倒在巫师的脸上，巫师连救命都没来得及喊出来就上了西天。几乎在同一时间，天鹅仙女变回了原来的样子。法力再高强的魔法师，随着他的去世，他所施的魔法也一并消失。

天鹅仙女回到自己王宫时，所有的大臣都在门口迎接她，当然还有赫摩萨和里诺，他们露出了幸福的微笑。拉勃特则远远地站在他们身后，他穿得整整齐齐的，已经被公主任命为马厩的主管。

到这里，是时候和他们道别了。经历了这一连串的坎坷和痛苦后，迎接他们的将是幸福美满的生活。

蛇王子

在很久以前，城里住着一个贫穷的老妇人。有一天，她发现了一件伤心的事，家里的面粉马上就要吃完了，她却没有钱去买，也不知道该怎么去挣钱。她沮丧地拿着小铜罐向河边走去，想洗完澡后再装点干净的水回去，用仅有的那点面粉烤一块面饼。但是以后该怎么生活，她一点儿办法都没有。

洗澡的时候，老妇人把铜罐放在岸边，还在上边盖了一块布，免得把铜罐里面弄脏了。她洗完后揭开布，突然发现一条银光闪闪的蛇盘在铜罐里。老妇人赶紧把布盖好，然后把铜罐放在地上，轻声说："啊！尊敬的死神！我把你带回家吧，然后再把你放出来。求求你了，咬我一口吧，那样我就解脱了。"

说完，老妇人用布把铜罐盖好，急匆匆地回家了。一进家门，她就迫不及待地把所有的门窗关得严严实实的，然后把那块布摘了下来，想把里面的蛇倒在地上。但是没想到的是，随着"哗啦"一声响，一条精美的项链从罐里掉了出来，上面缀满了各种各样的珍珠。

老妇人脑子里顿时一片空白，站在原地愣了几分钟，一个字都没说。回过神来后，她颤抖着双手捡起了地上的项链，用面纱裹住后离开了家，飞快地跑向国王的会客厅。

"请让我见见国王！"老妇人着急地大喊道，"我想单独求见国王！"国王同意见她。在会客厅里，等到其他人都出去后，老妇人打开了面纱，一条璀璨夺目的项链掉到了地上。国王看见后欣喜若狂，他越看越喜欢，想占为己有。他给了老妇人500枚银币，项链就成了他的。老妇人也非常高兴，因为有了这些钱，她就可以衣食无忧了。

国王处理完政事后，赶紧回到后宫，他要让妻子见识一下这条项链。王后也非常喜欢。他们欣赏完这条珍贵的项链后，把它放在王后的大珠宝箱里锁好。珠宝箱的钥匙一般都挂在国王的脖子上。

没过多久，邻国的国王来信说，他们的宝贝女儿刚刚降生，是个讨人喜欢的小可爱，他们想举办一场隆重的宴会，特地邀请所有邻国的国王出席。王后告诉国王，他们必须参加这场宴会，而且她要戴上国王送给她的那条项链。他们马上准备出发，国王去屋子里取项链，打开珠宝箱后被吓了一大跳，项链不见了，一个白白胖胖的男婴坐在箱子里"哇哇"大哭。国王大吃一惊，差点仰倒在地。他费了好大劲才站稳，大声地叫妻子过来。

"快来看呀，这儿！"国王嚷嚷道，"我们一直想要个儿子，现在上帝就真的送给了我们一个儿子。"

王后还以为项链被偷了，飞快地跑了过来。

"你在说什么胡话呢？"王后大叫道，"我看你是疯了。"

"什么？我可没疯！"国王一边说，一边围着珠宝箱手舞足蹈。"快过来看看！你自己好好瞧瞧！项链没了，猜猜看，这里有什么？"

正在这时，婴儿又哭了起来，似乎要从珠宝箱里跳出来，和国王一样跳舞。王后高兴极了，飞奔着过去盯着婴儿不放。

"天啊！"王后激动得快要晕过去了，盯着这个漂亮的婴儿，眼睛一眨都不眨。"这孩子从哪儿来的？太可爱了！"

"我也不清楚，"国王答道，"我记得我放进珠宝箱里的明明是一条项链啊。但是我打开箱子一看，项链不见了，这个孩子却坐在这儿。知道吗，我从来没见过这么可爱的孩子呢！"

王后情不自禁地把婴儿搂在怀里。"这是上天对我们最大的恩赐！"她激动地大喊道，"作为女人，拥有再多、再珍贵的金银珠宝，都不如有一个又白又胖的孩子。"她接着说："快给邻国的国王写封信，就说我们有很重要的事情，不能去参加他们的宴会了，因为我们自己也要好好地庆祝一番，庆祝我们有宝贝儿子了。"

于是，热闹非凡的庆祝活动很快就开始了，一直持续了一个星期。城里到处都是响亮的鞭炮声和锣鼓声，人们忙着参加各种宴会和庆祝活动，连着一个星期都顾不上休息。

一晃几年过去了，国王的儿子和邻国的公主渐渐长大了。两位国王决定联姻，等到两个孩子长大了，就让他们订婚。年长的大臣们都很满意，所以两位国王签订了一份协议，两个王国的人都在等着王子和公主长大。等啊等，这一天终于来了。

王子和公主刚过完 18 岁生日，两位国王就迫不及待地让他们结婚。婚礼热闹而庄重，人们欢天喜地地祝福两位新人。

还记得那位把项链卖给国王的老妇人吗？她后来成了王子的保姆。虽然她很疼爱王子，一直尽心尽力地照顾王子，但偶尔也会说一些闲话——关于王子的身世。就这样一传十，十传百，王子的身世就流传开来了。公主的父母当然也听到了一些风声。在婚礼的前一天晚上，公主的母亲对自己的宝贝女儿说："千万要记住，你最重要的一件事，就是要把王子的身世弄清楚。所以不管他和你说什么，你都不要搭理他。如果他问你为什么这样，你就趁机要他告诉你关于他身世的秘密。如果他不说，那你就继续保持沉默。"

公主发誓，一定会听母亲的话。

于是，王子和公主结婚了。王子和公主说话，公主一句话都不说，甚至连自己家乡的事也绝口不提。王子不知道究竟发生了什么，没有办法，只好不停地追问公主。终于，公主开口了："我想知道你的身世。"

王子立刻变得非常沮丧、伤心。公主却并没有打算放过他，王子被问得没办法了，只好对公主说："如果我告诉了你，你一定会非常后悔问我这个问题的。"

他们一起生活了几个月，并没有像新婚夫妻一样那么甜蜜。秘密就像是一道跨不过去的门槛，始终横在他们之间。因为这个秘密，晴朗的天空总是密布着乌云，本应该快乐的日子最终变成了痛苦的煎熬。

王子再也无法忍受了。一天，他对妻子说："如果你真的那么想知道，那就等到午夜时分吧。但是我敢保证，你一定会后悔一辈子的。"公主觉得自己赢了，喜滋滋的，王子的忠告她压根儿就听不进去。

王子吩咐仆人准备了两匹马。临近午夜的时候，他和公主先后上了马，来到了河边。18年前，老妇人就是在这里看到那条蛇的。王子拉住缰绳，悲哀地问："你确定要知道这件事吗？"公主毫不犹豫地回答道："没错，我一定要听！""如果你知道了，肯定会后悔一辈子。"但是公主听不进去，只是不耐烦地催促道："别浪费时间了，赶紧说吧！""好吧，如你所愿！"王子叹息道，"我的家乡在一个很远很远的地方，我是那里的王子。我中了魔咒，然后变成了一条蛇。"

"蛇"字刚说出口，王子就突然不见了。先是一阵"沙沙"的响声，接着，河水中泛起了紧密的波纹。公主隐约看到，一条蛇爬进了河水里，一眨眼就消失了。公主一个人在那儿等了很久，希望再见到王子。但是很可惜，王子再也不能回到她身边了。她只能听到风的咆哮声，还有鸟儿在森林里发出的刺耳的叫声，远处，豺狼的吼叫声此起彼伏，只有河水静静地流淌着。

天亮时，人们终于找到了公主。她披散着头发，躺在地上哭泣。谁都不知道她的丈夫到底去哪儿了。按照公主的吩咐，人们在河边砌了一间黑色的小石屋，然后她自己住在这儿思念她的丈夫。国王特地派了几个仆人和卫兵来照顾她。

虽然过了很长时间，公主还在日夜思念着王子。她拒绝见任何人，总是一个人待在小屋里，除了在屋外的小花园散散步以外，她哪儿都没去过。一天清晨，她在毯子上发现了一小块新鲜的泥土，把外面的卫兵叫进来问话，是不是有人进来过。

卫兵发誓说没有，而且保证他们一直守在这儿，连鸟儿都不可能飞进去，但是他们确实不知道那块泥土是从哪儿来的。

第二天上午，公主又发现了一块泥土，卫兵们还是不知道到底是怎么回事。到了第三天晚上，为了弄清楚这件事，公主决定不睡觉。她怕自己不小心睡着了，就用铅笔刀在自己的手指上划了一个口子，然后在伤口上撒上盐。只有这样，她才能保持清醒。午夜时分，一条蛇在地上爬了过来，嘴里还衔着一些泥沙。蛇一直爬到了公主的床边，直起身子，把头放在床单上。公主大惊失色，但还是强忍着害怕大声说："你是谁，为什么来这里？"

蛇回答道："我是你的丈夫，我就是来看看你。"

公主伤心地哭了起来。蛇还在继续说："我早就告诉过你，如果你知道了这个秘密，就会后悔一辈子。"

"我真的很后悔！"可怜的公主哭得更大声了，"我很后

悔，也很内疚，告诉我，我能帮你做些什么？"

蛇回答道："如果你胆量够大，当然可以。"

"你快说，"公主说，"要我做什么都行。"

"听着，"蛇说，"等到月圆的晚上，你在这间屋子的四个角落里各放一碗甜牛奶，然后河里所有的蛇都会来喝牛奶，走在最前面的就是蛇后。你一定要在门口把她拦住，对她说：'亲爱的蛇后，请把丈夫还给我吧！'她可能会答应。但是如果你觉得害怕，没有把她拦住，你就永远见不到我了。"说完，蛇就"嗖"的一下不见了。

在蛇指定的那个晚上，所有的事情都准备好后，公主就安静地站在门口等着。午夜时分，河边传来了窸窸窣窣的声音。紧接着，动静越来越大，各种各样的蛇从四面八方向公主的小屋爬了过来。它们的眼睛里闪着绿光，嘴里还吐出血红的信子。带头的蛇长得特别大，浑身上下包裹着一层厚厚的鳞片。看到这样的场面，士兵们吓得仓皇而逃，只有公主还强忍着恐惧，守在门口。她面无血色，害怕得双手紧握，拼命地忍着不让自己叫出声来或者昏死过去。因为她知道，她必须完成这个艰巨的任务。蛇群越来越近，一看见公主挡住了它们的去路，全都恶狠狠地盯着公主，恨不得把她吞进肚子里。

公主仍然一动不动地站在那儿，当带头的蛇后离她只有几米的时候，公主突然大声喊道："亲爱的蛇后，请把丈夫还给我吧！"这时，所有的蛇蠕动着，小声地交头接耳："她丈夫是谁？在哪儿呢？"但是蛇后还在继续向前，她的头差点就贴在了公主的脸上，小眼睛里燃烧着熊熊怒火。公主还是站在门口，又喊了一句："亲爱的蛇后，请把丈夫还给我吧！"这回，蛇后开口说话了："好吧，明天你就会见到他。"公主知道自己成功了。她慢慢地走着，一不留神，从门口摔在了床脚下，然后昏死过去了。她做了一个可怕的梦，梦见房间里全都是蛇，全都抢着要喝牛奶。喝完牛奶后，它们才心满意足地离开了。

第二天，公主很早就起床了，脱掉穿了整整五年的丧服，换上了颜色鲜艳的衣服。她把屋子收拾得整整齐齐的，还摆了很多芳香扑鼻的花花草草，不知道的人会以为她在准备自己的婚礼。天快黑了，她生起了柴火，点燃了灯笼，花园里灯火通明，简直和白天一样。接着，她铺好餐桌，开始准备宴席，还点了一千支蜡烛。一切都准备好了之后，她坐在那儿等着丈夫回来，心里七上八下的，不知道丈夫变成了什么模样。午夜时分，门外传来了王子的脚步声。他微笑着，眼睛里泪光闪闪。公主高兴地向王子扑了过去，一会儿哭，一会儿笑。

王子终于回来了。第二天，他们一起回到了王宫。看着失而复得的儿子，国王老泪纵横。钟声再一次响了起来，在整座城市里回荡。新一轮的庆祝活动正式开始了……

顺便说一句，王子的保姆（也就是那位老妇人）后来又成了王子孩子的保姆——虽然她已经老了，什么活儿都干不了了，但是人们仍然待她很好。只要她一直深爱着他们，哪怕什么都做不了，她也觉得自己还有用，而且生活得很幸福。王子和公主当然也很幸福。后来，他们成了国王和王后，国家繁荣昌盛，人民安居乐业。

库普蒂和英玛妮

　　从前，一位国王有两个宝贝女儿，一个叫库普蒂，一个叫英玛妮。她们俩是国王的掌上明珠，国王经常和她们一起聊天，连续聊几个小时都不累。有一天，国王对库普蒂说："你愿意让父亲掌控你的生命和所有的财产吗？"

　　"当然愿意，"公主回答道。她不知道父亲为什么问这么奇怪的问题，"如果不是这样，那我该把自己的生命和财产交给谁呢？"

　　国王向小女儿也问了相同的问题，却得到了这样的回答："坚决不行！如果有机会，我完全可以用自己的聪明智慧创造财富。"

　　这个答案让国王非常生气，他说："你年幼无知，知道自己在说什么吗？但不管怎么说，我会给你一个机会，你尽管去创造自己的财富吧。"

之后，国王还派人去郊外的一座破房子里找来了一个名叫希伯来的老人，他不仅年纪大，还有点残疾。国王对他说："你年岁大了，腿脚也不方便，我想让一个年轻人去照顾你，你觉得高兴吗？让我的小女儿跟你走吧，她想自己出去见识一下，这是个好机会。"

当然，希伯来什么都没说。因为他实在太惊讶了，一时没反应过来，不知道自己该说什么。小公主看起来却高兴极了，微笑着和希伯来一起回了家。希伯来却觉得忐忑不安，一瘸一拐地跟在她后面。

回到家后，为了让公主住得舒服点，希伯来想尽了办法。然而，他毕竟只是个老人，除了一张床、两口旧饭锅和一个泥水罐以外，家里再没有任何东西。只有这些东西，怎么可能让公主住得舒舒服服的呢？正在他一筹莫展的时候，公主开口了："请问，您有钱吗？"

"只有一便士，但是我忘记放在哪儿了。"希伯来如实回答。

"太棒了，"公主兴奋地说，"请您把钱给我，您呢，出去帮我借一架纺车和一台织布机吧。"

希伯来满屋子找，终于找到了那一便士，然后就按照公主的吩咐出门了。公主也没闲着，她出去买东西了。她用四分之一便士买了油膏，然后用剩下的钱全部买了亚麻。回家后，她让希伯来躺在床上，小心地用油膏为他按摩受伤的腿，按了整整一个小时。等到希伯来睡着后，她坐在纺车前不停地纺着线，一夜未睡。第二天早上，她终于纺出了世界上最精美的丝线。她还是没休息，坐在织布机前不停地织，到晚上时全世界最漂亮的银色布匹就诞生了。

"终于结束啦，"公主对希伯来说，"现在我要休息了。麻烦您去街上把这匹布卖了吧。"

"要卖多少钱呢？"希伯来问。

"两个金币。"公主回答道。

希伯来拖着自己残疾的腿慢慢地走到了街上，然后开始吆喝起来。大公主正好乘车路过，她非常喜欢这匹布，于是停下来询问价格。

"两个金币。"希伯来说。公主高兴地付了钱。然后，希伯来回了家。日复一日，年复一年，小公主不停地纺线、织布。她用一便士买油膏和亚麻，油膏用来给希伯来按摩，亚麻织出最美的布后，再以高价卖出。渐渐地，英玛妮织的布在这座城市里出名了。更令人高兴的是，希伯来的腿也能伸直了，越来越结实。他们把所有的金币都藏在茅屋地板下面的一个洞里，没多久，洞里就装满了金币。

有一天，公主说："我觉得，现在我们的钱足够让我们过得舒舒服服了。"所以，她请来一位建筑工人，为她和希伯来建造一座新房子。毫不夸张地说，在这座城市里，除了王宫以外，人们再也没有见过比这更气派的房子了。国王知道这件事后，就问仆人那座房子是谁的，人们说是他小女儿的。

"原来如此，"国王高声说，"她说要凭自己的双手赚钱，她真的做到了。"

过了一段时间后，国王要去另一个国家处理公事。出发前，他问大女儿需要他从那个国家带什么礼物给她。

"我想要一串红宝石项链。"她说。国王觉得自己也应

该问问英玛妮是否需要礼物，所以就派信使去找她。信使到来时，英玛妮正在解开织布机上的一个线结。

信使鞠了一躬，问道："国王让我来问问您，是否需要他从杜尔国给您带礼物回来。"

为了把线头解开，还不能把线弄断，英玛妮非常小心，所以她连头都没抬，随口说道："耐心！"

英玛妮是想要信使等一会儿，但那个信使把这当成了公主的答案，头也不回地回到了王宫。他对国王说，英玛妮公主想要的礼物是"耐心"。

"哦，"国王说，"虽然我不知道杜尔国有没有这个东西，我自己也从来没有见过，但是既然她开口了，我就一定会想办法买回来送给她。"

第二天，国王出发了。在杜尔国，国王把正事处理好后，在街上给库普蒂买了一串漂亮的红宝石项链，然后对一个仆人说："英玛妮公主想要一些'耐心'。我不知道能不能买到，但无论如何，你去街上逛逛，如果看见了，就帮我买回来。"

仆人领命离开。他在街上一边走，一边大声喊道："有'耐心'卖吗？有'耐心'卖吗？"人们哄堂大笑，有些人嘲笑他，那些没有耐心的人要他赶紧走。还有一些人幸灾乐祸地说："这家伙一定是个疯子，他竟然以为'耐心'能买卖。"

这件事很快就传遍了大街小巷，就连杜尔国国王也听说了。他笑着说："去把这个人带过来，我想见见他。"

下人立刻去找他，然后把他带到了王宫里。国王问："你想买什么？"

那人回答道："主人让我买一些'耐心'回去。"

"这样啊，"国王说，"你的主人也太奇怪了吧？他要这个干吗？"

"他的女儿英玛妮想要这个礼物。"仆人回答道。

"好吧，"国王说，"如果那位年轻的女士非常想要，我可以告诉她在哪儿能找到'耐心'。它可是用再多钱都买不到的。"

人们都称这位国王为萨巴可汗，"萨巴"就是"耐心"的意思，但是仆人并不知情，还以为他是在拿自己寻开心呢。他告诉国王，英玛妮公主不仅长得貌若天仙，而且在众多的公主中，她是最聪明伶俐、最勤劳和善的一位。

他还要继续说下去，谁知道国王哈哈一笑，打断了他的话："先暂停一下吧，让我好好想想，我要怎样帮你。"

说完，他回到了自己的房间，取出了一个精致的小盒子。他在盒子里放了一把扇子，然后关得严严实实的，对那仆人说："这个盒子没有锁，如果谁想看里面的东西，只要轻轻地碰一下，它就会自动打开。然后，打开盒子的人就能得到耐心。但是我不确定，这是不是你的主人需要的耐心。"仆人感激地鞠了一躬，接过盒子后问国王盒子多少钱，国王却坚持不要钱。仆人把盒子交给了主人，并把这个奇怪的经历告诉了他。

国王一回宫，就立刻把礼物送给了两个女儿。英玛妮看到信使手中的盒子时，惊讶极了。

"可是我不明白，"她说，"这到底是什么？我根本就没说我想要什么啊！"但是信使坚称这个盒子就是送给她的。一头雾水的英玛妮只好接过来，交给了希伯来。

别看这个盒子既没有锁，又没有插销或弹簧，更没有密封装置，希伯来试了好几次，就是打不开。他不愿意再试了，就把盒子还给了公主。奇怪的是，英玛妮的手刚碰到盒子，盒子就自动打开了。英玛妮激动地大叫了一声，从里面拿出一把扇子，对着自己扇了几下。

扇到第三下的时候，萨巴可汗突然从天而降，站在了他们面前。公主大惊失色，不敢相信自己的眼睛，希伯来同样如此。过了几分钟后，希伯来问道："这位先生，请问您是谁？"

"嗯，我是杜尔国的萨巴可汗。亲爱的女士，"国王对公主行了个礼说，"她召唤我，所以我就来了。"

"什么？"公主结结巴巴地说，"我怎么可能召唤您？我根本就不认识您，也从来没听过您的名字。"

于是，国王把事情的来龙去脉都告诉了公主：有人去杜尔国买"耐心"，然后他就把扇子装进了盒子里，交给了那个买"耐心"的人。

"知道吗，这把扇子可是个宝贝呢。"他说，"如果有人用扇子，只需要扇三下，我就一定会出现；如果把扇子合起来，我立马就消失了。能打开这个盒子的人并不多，但是你这个想买'耐心'的姑娘做到了。记住了，我的名字就叫'耐心'，我非常荣幸能为您效劳。"

英玛妮公主欣喜若狂。如果不是希伯来制止，她早就把扇子合上了。希伯来非常欢迎这位客人的到来，所以请他留宿一晚，他们一起度过了一个快乐的夜晚。第二天，国王就离开了。

从那以后，公主经常召唤国王。他和希伯来一样，都是博弈高手，他们俩一下就是大半夜。他们甚至还专门为可汗准备了一个小房间，如果天色晚了，他就在这里歇息，等到第二天上午再回去。

纸包不住火，库普蒂很快就知道了这件事。一个高大英俊的富家公子经常在妹妹家里出入，一想到这里，她内心的妒火就会熊熊燃烧。她必须得做点什么！于是有一天，她去看望英玛妮时装得特别热情，说自己想参观一下这座房子。

英玛妮带库普蒂四处参观的时候，库普蒂找了个理由溜进了可汗的房间，偷偷地把藏在衣服里的毒粉末和玻璃碴儿撒在床单上。过了一会儿，她就和妹妹道别，对自己一直没来看妹妹而感到抱歉，并且发誓从现在开始要好好地来往。

那天晚上，萨巴可汗又来了，还是和以前一样，陪希伯来下棋。到半夜时，他觉得困，就回房休息了。没想到，他刚躺下，那有毒的玻璃碴儿就扎进了他的身体里。他不知道发生了什么，只觉得浑身火辣辣地疼，像被火烧一样。但是他不知道是怎么回事，什么话都没说，忍着剧痛坐了一夜。

第二天早上，萨巴可汗觉得头晕目眩，他还是强忍着没吱声，就回到了自己的家里。他把王宫里所有的医生都找来了，没有一个人知道他得的是什么病。几乎所有的药物都用遍了，但国王还是觉得疼痛难忍，晚上根本无法入睡。几个星期后，在病痛和绝望的双重折磨下，国王的身体越来越虚弱，最后竟然奄奄一息了。

而此时，英玛妮和希伯来觉得十分纳闷，不管他们怎么扇动那把扇子，萨巴可汗再也没有出现。他们以为可汗对他们俩感到厌烦了，又担心他遭遇了什么不测。公主每天提心吊胆，郁郁寡欢，于是她决定亲自去杜尔国看看是怎么回事。她乔装打扮成一个仆人，独自上路了。一天晚上，她走进了一片树林，于是准备坐在树下休息，却怎么都睡不着，因为她脑子里想的全都是萨巴。

正在这时，两只猴子在她头上方的树上聊起了天。

"晚上好，哥哥，"一只猴子说，"你是从哪里来的，有什么新鲜事吗？"

"我来自杜尔国，"另一只猴子回答道，"听说，那里的国王快死了。"

　　"天啊，"第一只猴子说，"他真是太不幸了！他是个狩猎高手，尤其是豹子一类凶猛的野兽，都逃不出他的掌心。快说说，到底怎么回事。"

　　"这是个秘密，谁都不知道。"第二只猴子回答道，"听那群无所不知的鸟儿说，国王的大女儿在他的床上撒了毒玻璃，他中毒了，活不了多久了。"

　　"不！"第一只猴子喊道，"太糟糕了！可是没有人知道，只要把这棵树上的浆果在水里泡几天，最多三天，就能把国王治好。"

"就是！"另一只猴子附和道，"但是太可惜了，我们没办法告诉他们。瞧瞧这群愚蠢的人，不住在森林里自由自在地过日子，却宁愿一辈子住在拥挤嘈杂的城市里，他们根本就不知道什么才是最好的东西。"

英玛妮听说可汗快死了，伤心地哭了起来，但她听着听着，又看到了希望。天刚亮，她就开始摘树上的浆果，装了整整一袋子。然后，她飞快地赶路，终于在两天后来到了杜尔国。一到这里，她就开始大声吆喝起来："卖药啦，卖药啦，有人要买药吗？"

两个人开始议论起来，一个人说："那个小伙子在卖药，我们去看看吧，没准真的能治好国王的病呢。"

"开什么玩笑，"另一个说，"那些经验丰富的老大夫都没办法，那个年轻人能行吗？"

"死马当活马医，还是让他试试吧。"第一个人说。然后，他和英玛妮一起进了宫，告诉所有的人有人想给国王治病。

过了一会儿，仆人带领英玛妮来到了国王的房间。她装得很像，可汗根本就没有把她认出来。此时可汗已经被病痛折磨得瘦骨嶙峋，英玛妮差点就不认得他了。她要了几个房间和一个烧水用的罐子，就开始为国王治病了。水烧开后，她把浆果放了进去，煮好后让仆人端到国王的房间，给他擦洗身体。

第一天的效果非常明显，国王终于睡了个安稳觉。第二天结束后，国王觉得肚子很饿，想吃东西。到第三天时，他已经恢复得差不多了，但是由于长期卧床，还是有点虚弱。第四天，他精神奕奕地重新坐在了宝座上。他派信使把自己的救命恩人带进宫。英玛妮出现后，大家惊得目瞪口呆，没想到他年纪轻轻，竟然有如此高明的医术。国王想重重地赏赐她，但她坚决不收，后来拗不过国王，她说她唯一想要的就是国王的图章戒指和手帕。拿到这两样东西后，英玛妮立刻离开了杜尔国，回了家。

英玛妮把这件事告诉了希伯来。过了一会儿，他们又开始用魔扇召唤萨巴可汗。可汗出现后，他们问他为什么这么长时间都没来这里。于是，可汗告诉了他们自己生病的事。等他说完，公主从一个盒子里拿出了戒指和手帕，微笑着对他说："瞧瞧，这就是你对医生的酬谢吗？"

国王仔细地打量了一下，终于明白是怎么回事了。他把魔扇塞进了自己的口袋，因为这样就再也没有人能把他送回去了——除非英玛妮愿意嫁给他，和他一起回去。后来的事情你们应该猜出来了吧：希伯来和英玛妮都去了杜尔国，英玛妮成了王后，从此生活得非常幸福。

绸衣大夫

从前有一位国王，他国力昌盛，势力庞大。他总共结过两次婚，但是只有两个女儿。

大女儿不仅长相普通，而且还有些斜视和驼背。但是她心眼儿很多，善于察言观色，会讨国王的欢心，所以就算她心狠手辣，国王也把她当作心肝宝贝。

小公主是个非常可爱的小姑娘。她性情温顺，凡是见过她的人，都会情不自禁地觉得她是全世界最美丽、最优雅的女孩。

邻国有一位年轻的国王。他 20 多岁，骁勇善战，就算是征服全世界，对他来说也是小事一桩。但幸运的是，他热爱和平，把全部的心思都放在管理自己的国家上。臣民们都希望他赶紧成家，经过筛选，只有邻国的两位公主和他年龄相当、门当户对。所以，年轻的国王去向邻国的老国王求婚，请他把一个女儿嫁给他。

　　年轻的国王一心想和自己真心喜欢的姑娘携手一生，所以他决定悄悄地去邻国看看他未来的妻子。特使出发不久，他就打扮成普通人的样子也赶到了邻国。他没有告诉任何人自己的想法，所以等他来到邻国王宫时，他和大公主的婚事已经定下来了。

　　无奈之下，年轻的国王只好亮出自己的真实身份。公主的父亲听说了这件事，却假装一无所知，打算用宫廷的礼仪来招待他。在介绍时，特使告诉国王这是他们国家的一位王子。

　　那天晚上，王宫举行了一场热闹非凡的宴会。年轻的国王也在其中，因为他想近距离地了解一下两位公主。大公主丑陋的样子和臃肿的身材，再加上人们在谈论她时的冷嘲热讽，这一切都让年轻的国王觉得很难受。他在心里想，就算大公主有十个王国，他也不想和她结婚。而小公主长得那么美丽，那么可爱，哪怕她只是一个牧羊女，他也愿意和她白头偕老。

　　尽管年轻的国王竭尽全力地克制自己的情感，但最后还是失败了。在大公主面前，他虽然表现得有礼有节，但他满脑子想的都是小公主，一点儿都没把大公主放在眼里。在接下来相处的几天里，他的所见所闻让他对小公主的爱慕之情更加强烈，他只想和小公主结婚。后来，他命令特使延迟回国的时间，并且以他的名义向小公主求婚。

　　老国王对这个突如其来的变故感到非常生气。大公主是老国王的掌上明珠，她说的任何话老国王都愿意听。特使离开后，老国王告诉大公主，年轻的国王决定娶她的妹妹。大公主大发雷霆，和父亲商量了很久，最后决定把小公主送得远远的。他们一致认为，把小公主关在一座废旧的孤塔里最安全，谁都不可能找到她。

为了延续王宫里的欢乐气氛，他们举行了各种各样的庆祝活动。到了迎娶大公主的日子，老国王邀请所有的人去森林里狩猎。

老国王和小公主几乎一夜没睡。第二天原本应该是个值得高兴的日子。天刚亮，老国王就带着客人们来到了聚会地点。年轻的国王在人群中找啊找，却连小公主的影子都没看见。他心急如焚，东张西望，至于老国王在跟他说什么，他一个字都没听进去。狩猎活动已经开始了，小公主还是没有任何消息。为了寻找小公主，年轻的国王没有去打猎，但一天过去了，还是没找到。

回来的时候，一名随从对年轻的国王说，小公主的马车在几个小时前离开了王宫，马车后来停在了废塔前面。但是马车返回的时候，车里一个人都没有。

年轻的国王非常伤心，命令特使第二天去拜见老国王，告诉他，如果他不放了小公主，就向他宣战。而他马上回到了自己的王宫，率领一支军队，杀了对方一个措手不及，抢先占领了边境上的几个城镇。在离开王宫之前，年轻的国王给自己的心上人写了一封感人肺腑的信，恳请她耐心地等着他去救她，一定要相信他对她是真心的。他把这个重要的任务交给了他最得力的侍卫，因为他非常清楚，这名侍卫对国王忠心耿耿，一定不会辜负国王的重托。

这名侍卫偷偷地来到废塔前，把周围的地形摸得一清二楚。他发现，塔的周围除了浓密的荆棘外什么都没有。而小公主所在的那间小屋子里，只有一扇非常非常小的窗户。

公主整天郁郁寡欢。这间屋子里虽然有一扇小窗，但是她根本就没办法去窗前呼吸一下新鲜的空气。那个负责看管小公主的人是大公主以前的保姆，她就像个跟屁虫一样，24小时盯着小公主，一举一动都瞒不过她。

有一天，趁老保姆在自己的房间里给大公主写信的机会，小公主赶紧跑到窗前，把身子探了出去。她向四周看了看，发现一个人藏在灌木丛中。看到小公主后，那个人走了出来，拿出一封信。小公主一眼就认出他是年轻国王的贴身侍卫，于是赶紧放下一根绳子，侍卫把信绑在了绳子上。小公主刚读完信，老保姆就进来了。

小公主高兴得手舞足蹈。第二天，她偷偷地从笔记本上撕下一张纸，给年轻的国王写了一封回信，从窗口扔了出去，交给侍卫。

年轻的国王终于等到了爱人的消息，高兴坏了。为了和公主见上一面，他决定，不管多么危险他都要去一趟废塔。他让侍卫告诉小公主，然后小公主回复说她也非常想念年轻的国王，但是担心老保姆不会让他们见面。只有等到老保姆在房间写信的时候，他们才能偷偷地相见。

重逢的道路越是艰辛，年轻的国王冒险的欲望就越强烈。管他什么危险，他全都不放在眼里。为了保险起见，他按照侍卫的建议，决定智取而非强攻。在写给小公主的第二封信中，

他夹了一包催眠药粉，让小公主想办法放在老保姆的晚餐里。

晚上，当年轻的国王来到塔下时，只要发出约定好的信号，小公主就能安全地来赴约。他们兴致勃勃地聊了很久，离别的时候依依不舍，祈求上帝保佑没有人发现他们。但是很可惜，老保姆并没有因为吃了催眠药粉而昏睡——她什么都看见了，什么都听见了，而且全部写在了给大公主的信里。

大公主知道后气得牙根儿直痒痒，决定好好教训一下这个不知好歹的国王。她让老保姆假装对那天的事浑然不觉，并且命人在塔的四周挖了一个巨大的陷阱。这样一来，年轻的国王走出荆棘时，就会像野兽一样掉进陷阱，动弹不得。此外，她还让人在陷阱的旁边安置了毒箭，只要年轻的国王掉进陷阱，立刻就会万箭穿心而死。一切准备就绪后，她命人用荆棘把陷阱盖得严严实实的，免得被小公主发现。

那天晚上，思念心上人的国王再次出现在塔底。他突然听到小公主的大笑，于是一个箭步走上前去，刚要和上次一样发出信号，却感觉到自己的脚踩到了什么东西，一阵钻心的疼痛瞬间传遍了全身。年轻的国王面无血色，昏倒在地。所幸他踩到的只是陷阱的边缘，只射出来几支毒箭。他挣扎着走了几步，然后一个趔趄，浑身是血地倒在了地上。

如果只是他一个人的话，肯定早就死了。幸好他的贴身侍卫一直跟在他后面。他背着主人，飞快地跑回了森林里，因为国王的侍卫军就在那里。他们立刻为国王包扎伤口，又做了一副简易的担架，把已经陷入昏迷的国王抬回了王宫。

小公主毫不知情，一直在焦急地等待着国王。约定的时间还没到，为了消磨时光，小公主和一只可爱的小猴子玩了起来。看见猴子做鬼脸的样子，小公主开心地笑了起来。此时，年轻的国王正好在塔底，并且听到了她的笑声。但是笑着笑着，小公主变得越来越急躁，越来越不安，因为她始终没有听见自己苦苦等待的信号。这时，可恶的老保姆进来了，把小公主吓了一跳，她还以为老保姆睡着了呢。老保姆冷冰冰地命令她马上上床睡觉。

两个星期过去了，年轻的国王却毫无消息。小公主忐忑不安，在思念的痛苦中煎熬着。一天上午，老保姆和往常一样回到房间里给大公主写信。没想到她一时大意，竟然了拔钥匙。小公主看见后，立刻把门反锁了。

小公主自由了！她兴奋地跑到小窗旁，却发现灌木丛上血淋淋的，旁边横七竖八地散落着几支箭。她非常害怕，飞快地跑出了废塔，沿着一条小路一路狂奔。远远地，她看见一个人走了过来，原来是老保姆的丈夫，他是自愿来照顾小公主的。小公主让他去找一些男人的衣服，自己则躲在小树林里。那个好心人去最近的镇子上，买了一件宫廷官员的旧衣服。就这样，小公主女扮男装，穿着破旧的衣服和好心人一起上路了。而她原来的衣服，装在袋子里随身携带。

他们压根儿就没想到路途那么遥远。白天，小公主一直尽力坚持，到了晚上，他们就随便找个地方歇息。

一天晚上，他们在一个美丽的峡谷里露宿，旁边还有潺潺流动的溪水。第二天上午，公主听到了一阵动听的歌声。没错，是一首儿歌。她四处寻找，想知道是谁在唱歌，后来在一丛爱神木旁边看见了一个小男孩。他手里拿着一把铁弓，身上背着剑囊，一边小声地唱着歌，一边小心地抚摸着箭杆上的羽毛。

"看见我，你是不是觉得很意外啊？"他微笑着说，"有时也会失手。你和国王见面那次，是我射的箭。国王因我而受伤，所以我必须把他治好。"

说完，他给了公主一个小瓶子。他说，瓶子里面是神奇药膏，等见到国王后，就可以用它来帮国王治病。

"再走两天，你就能到王宫了。"小男孩说，"别耽搁了！时间就是生命。"

小公主向小男孩道谢后，立刻跑回去叫醒了自己的同伴，然后就迫不及待地出发了。

正如小男孩所说，两天后他们站在了那个国家的王宫门前。一想到就要和国王相逢了，小公主就激动不已，很快她又听到了一个坏消息：国王的病情日益加重，已经坚持不了几天了。小公主悲痛不已，差点儿就露馅了。最后，她鼓足勇气对众人说，他是一个医生，并且保证能把国王治好。

为了隐藏自己的真面目，这位新来的医生租了一间房子，还特意定做了一套淡蓝色的绸缎衣服，既漂亮又华贵。随后，她又在市场上买了一头健壮的骡子，并让仆人用淡蓝色的绸缎把骑具装饰得漂漂亮亮的。

所有的准备工作都完成后，医生问房东是否认识国王的侍卫。说来也巧，这位女房东的表弟正好是国王侍卫军的头头。医生高兴极了，让她尽最大的努力散布消息：一位远近闻名的绸衣大夫特地来为国王治病，如果不能药到病除，他心甘情愿被火烧死。

好心的房东在这方面非常在行。她立刻赶到王宫散布小道消息，甚至还添油加醋，很快就无人不知，无人不晓了。虽然宫里的医生们根本看不上这个同行，但侍卫官认为，御医们用尽了所有的办法，还是只能眼睁睁地看着国王的身体越来越差，倒不如让这个新来的大夫来尝试一下。

绸衣大夫接到邀请后立刻骑马出发了，一路上，街上的人和士兵们都热烈地欢呼："快看啊，绸衣大夫来了！绸衣大夫万岁！"进宫后，人们还是这样称呼他，并立刻把他带进了国王的房间。

国王闭着眼睛躺在床上，脸色苍白。听到新医生来了，他支撑着抬起头来，微笑着示意让新来的医生离自己近点。绸衣大夫鞠了一躬，然后对国王说，他一定能治好国王的病。但是除了国王最信任的侍卫以外，房间里的人全部都要出去。然后，他用小男孩给他的神奇药膏给国王涂抹伤口。国王立马就觉得不疼了，晚上睡得非常踏实。

第二天天亮后，大臣和御医们急匆匆地赶到国王的寝宫，被眼前的情景吓得愣住了，国王的疼痛消失了。绸衣大夫请他们出去，继续给国王上药。第二天上午，国王奇迹般地恢复了健康，竟然能下地走路了。身体越来越好，国王又开始想自己受伤的事，所以精神越来越萎靡。

看着这位绸衣大夫竟然会止不住地想起他心爱的小公主——那个他觉得深深伤害他的人。一想到这里，他的心就开始剧烈地疼痛，忍不住泪流满面。

绸衣大夫看到国王这么痛苦，只好尽自己的能力安慰他。为了逗国王开心，他讲了一个非常有趣的故事，因此深受国王的信任。国王渐渐敞开了心扉，讲起了自己的经历。他爱上了一个美丽的姑娘，却受到了巨大的伤害，但是他到现在仍然深爱着她。

绸衣大夫一边认真地听着，一边温柔地安慰国王，说那个小公主也许并不像他想的那么坏。但是曾经忍受病痛折磨的国王非常固执，根本不听绸衣大夫的话。绸衣大夫花了很长时间，费了九牛二虎之力才说服了国王。

过了一段时间后，国王终于恢复了健康。绸衣大夫最后一次给国王上药后，他们俩都累得筋疲力尽，昏睡过去，直到几个小时后才醒。

第二天早上，小公主决定告诉国王真相。她穿上了自己原来的衣服，好好梳洗打扮了一番，立马就变成了以前那个可爱的小公主。她刚梳洗完毕，国王就睁开了眼睛，看见心上人就在眼前，他还以为自己是在做梦呢。这时，小公主走过来，拉开了窗帘。

他们目不转睛地盯着彼此好几分钟，什么话都没说，脸上却洋溢着喜悦和感激之情。小公主把他们在废塔见面后的遭遇全都告诉了国王。此时的国王虽然还非常虚弱，但还是压抑不住内心的激动向她拥了过去，发表了自己爱的宣言。

国王打开房门，向所有人宣告他病愈了。看到年轻的国王又像以前一样生龙活虎，人们又惊又喜。他们想对绸衣大夫表示感谢，但是房间里根本就没有大夫，只有一个美若天仙的公主。

"你们要感谢绸衣大夫的救命之恩，还要表达对你们王后的尊敬和爱戴之情。"国王说。他想立刻就举行婚礼，但是小公主说什么也不同意，因为她想征求父亲的允许。

于是，国王立即派人送信去邻国的王宫。新使很快就带来了老国王的回信：他已经弄清楚了，这一切都是大公主在捣鬼，所以他同意小女儿和国王结婚。

凶恶的大公主眼看着自己的计划失败了，大发脾气。她气冲冲地上床睡觉，却因为过于嫉妒和愤怒，竟然气死了。这一切都是她自找的，谁都没有可怜她。老国王的年纪越来越大，在管理国家时觉得力不从心，所以让小女儿继承了王位。从此以后，这两个国家就变成了一个国家。

红头鱼

从前，埃及的一位国王生了一场大病后，变成了盲人，所以他整天闷闷不乐。几个月过去了，就连全国最好的医生们也无法治好国王的病，国王的情绪变得越来越低落，人也日渐消瘦。人们都觉得他活不了多久了，他唯一的王子也不例外。

有一天，一个人坐船沿着尼罗河来到了这里，看到人们愁容满面，便问他们怎么回事。得知事情的原委后，他告诉人们，他是一位医生，一直给国王看病。如果可以，他愿意亲自去一趟王宫，为国王检查身体。这不是天上掉馅饼吗？国王立即命人带他进宫。他认真地研究了国王的病情，只用了几分钟，就信誓旦旦地说，虽然国王病得很严重，还是有可能治好。

"大海里有一条红头鱼，"他说，"如果你们能把它抓回来，我就能用它的血制作一种油膏，涂在国王的眼睛上，他就能重见光明了。我给你们100天的时间，如果到时候你们还没回来，我就会离开这儿，回到我的主人身边。"

第二天一大早，年轻的王子就带着100个人浩浩荡荡地出发了，所有的人都拿着一张渔网。他们坐着小船，在辽阔的大海上辛苦地打捞各种各样的鱼。但是三个月过去了，他们却始终没有看见红头鱼。

"一切都来不及了。"在最后一天晚上，王子叹息道，"就算我们今晚能抓到红头鱼，但是距离100天的期限只有一个小时了，还没等我们回到埃及，医生早就离开了。不管怎么样，我都想再最后试一次。"他说到做到。结果，奇迹真的发生了，在100天期限到来的那一刻，他亲眼看见了红头鱼。

"成功来得太晚了。"对哲学颇感兴趣的王子感慨道，"但是我还是想把它装在瓶子里，好歹让我父亲知道我们已经尽力了。"就在他走近渔网的时候，突然发现那条鱼可怜巴巴地望着他，他实在不忍心让这条鱼白白丧命。因为就算本国的医生不知道如何制作药膏，也会想尽一切办法杀死这条鱼，然后从它的血液里提取点东西来。于是，他把这条好不容易才打捞到的鱼放回了大海，空手而归。他们回到王宫时，国王因为失望过度而高烧不退。不管王子说什么，国王都不相信他。

"什么都别说了，还是用你的命来赎罪吧！"国王疯狂地咆哮着，命令大臣立刻把刽子手带进宫。

有人立即去向王后禀告。王后听说后，把王子乔装打扮成普通人，并在他的口袋里装了很多金币。她要王子立刻乘船离开这儿，走得越远越好。

"你父亲一定会后悔的。到那个时候，如果他知道你还活着，肯定会很高兴。"王后说，"有一点你必须牢记，如果有人主动提出当你的仆人，并且要求按月支付工资，千万不要搭理他们。"虽然王子不太明白其中的原委，但是经验表明，他的母亲说得不会错的，所以他决定听母亲的话。

在海上航行几个星期后，王子终于来到了母亲口中的那个遥远的地方。在这个风光秀丽的小岛上，有遍布的丘陵，有茂密的森林，有五颜六色的鲜花，还有一座漂亮的白房子。

"这里太美了，住在这里一定很幸福！"王子高兴地说。在最美的建筑中，他精心挑选了一套别墅。

来求见王子的人络绎不绝，他们争着抢着来做王子的仆人，但他们全都要求王子在月底就支付工资。王子突然想起了母亲的忠告，于是毫不犹豫地回绝了他们。一天早晨，又来了一个人，想要做王子的仆人。

"你觉得我应该什么时候支付你的工资？"王子问道。经过细致的盘问，他觉得这个人非常不错。

"我一分钱都不要，"他说，"到年底的时候，你就知道我的服务值多少钱了。那时，您怎样补偿我都行。"王子对这个回答很满意，当即决定把他留下来。

王子居住的这个小岛分两部分，他所在的那半个岛树木郁郁葱葱，气候宜人；另外半个岛则是另外一副光景：海里的一只怪兽时不时就会爬上岸，把岸上的庄稼和牲畜吃得精光。久而久之，那里渐渐变成了一片沙海。岛上的总督派了大量的士兵在这里埋伏，等到怪兽一出现，就杀死它。但不知道为什

么，每次怪兽爬上岸作恶的时候，所有的士兵都会睡得很死，没有一个人例外。总督以玩忽职守的罪名狠狠地惩罚了这群睡觉的士兵，但是根本就没有用——不管派谁去，情况都一样。最后，总督命人在岛上贴出通告，谁能把怪兽杀死，谁就会得到丰厚的奖赏。

那个仆人得到消息后，马不停蹄地赶到了总督府。

"如果我的主人能把怪兽杀死，您会赏赐他什么？"他问。

"我的女儿，或者他要任何东西都行。"总督回答。仆人轻轻地摇了摇头。

"把女儿嫁给他就行了。至于财富，您还是留着自己享用吧。"他说，"不过有个条件，日后无论您得到什么，都要和他一起分享。"

"没问题。"总督爽快地答应了。他命人拟定了一份契约，然后他们俩郑重其事地在上面签字画押。

到了晚上，仆人悄悄地埋伏在岸边。出发前，他把一种油脂涂抹在皮肤上，然后皮肤就开始火辣辣地疼，一晚上都没合眼。仆人藏在一块大岩石后面，等待怪兽的出现。突然，海面上出现了一个庞然大物，紧接着，一个恐怖的怪兽——禽、兽、蛇三者合一，稳稳地向地里走过去，一点儿声音都没有。仆人屏住呼吸，眼睛都不敢眨，等到怪兽经过的时候，奇袭了它，怪兽挣扎着走了几步，怒吼一声，翻了个身，摔进了海水里。

仆人在旁边观望了一会儿，确定怪兽真的死了，才从岩石后面走了出来。他把怪兽的两只耳朵割了下来，交给王子，让他去求见总督，告诉总督是他杀死了怪兽。

"明明是你杀死怪兽的，为什么要说是我呢？"王子没答应。

"没关系，就这样说吧。我这样做，自有道理。"仆人劝说道。虽然王子不想撒谎，最后还是勉强同意了。

总督听说怪兽死了，高兴极了，他要王子马上就和自己的女儿结婚。但是王子拒绝了，因为他只想要一艘大船去环球旅行。这简直就是小事一桩，总督很快就满足了他的愿望。王子和他最忠实的仆人上船后才发现，船上到处都是钻石和珠宝，都是那位总督送给他们的。

然后，他们就乘船离开了。过了很长时间，他们在一个大国的海岸边停了下来。仆人让王子在船上等候，他自己则先去城里打探一下。几个小时后，他终于回来了，并且带来了一个天大的好消息——这个国王的女儿是全世界最美丽的姑娘，并且让王子想尽一切办法去讨她的欢心。

王子对仆人的话深信不疑，想都没想就决定按他说的做。他带着几条闪闪发亮的项链，骑着仆人精心为他准备的高头大马，一路向王宫奔去。这个忠实的仆人当然陪在王子身边。

说来也巧，那天国王非常高兴，所以他们没费什么劲就见到了国王。王子恭恭敬敬地将手中的礼物送给国王，然后说出自己要娶他女儿的愿望。

"小伙子，你想娶我的女儿，我没有任何意见。但有一件事我不想瞒你，在你之前，她和一个男子定过婚，但是那个男子意外的去世了。所以，别着急，你还是再好好想想吧。"

王子害怕极了，脑子里一片空白，想扭头就走。这时，身边的仆人小声地对他说："别害怕，你一定要娶公主为妻。"

　　"我觉得，人不会总是倒霉，总有转运的一天，"王子对国王说，"为了这个绝世佳人，就算是把命豁出去了，也没什么大不了的。"

　　"那好吧。"国王说，"今天晚上就举行婚礼。"

　　当天晚上，婚礼结束的时候，按照当地的习俗，新婚夫妇要回到新房内共进晚餐。在皎洁的月光下，王子站在窗前眺望外面的景色。突然，他看见房间里的椅子上竟然躺着一件用丝绸做成的寿衣，正面绣的正是他的名字。难道这也是国王的意思吗？

　　王子吓得冷汗淋漓。他扭头一看，发现几个人正在窗子外面挖坑。大半夜的，他们鬼鬼祟祟的，到底在干吗？他们挖坑作什么用呢？而且，这坑看起来和普通的不太一样，又窄又长，哦，对了，和墓穴差不多。没错，就是这样，原来他们正在给王子挖墓穴。

　　王子更加惊慌失措了，几乎喘不过气来。他呆呆地站在那儿，像个雕像一样一动不动。此时，公主就坐在餐桌边。突然，一个黑色的蛇头疯狂地扑向王子。不过这一切都在仆人的预料之中，他一直在旁边监视着，就在蛇头左右摇摆着冲向王子的时候，他敏捷地用一把铁钳夹住蛇头，然后用匕首砍了下来。

　　第二天上午，国王被眼前的一幕惊呆了：他的新女婿竟然完好无损地站在他面前。

　　"天啊，怎么是你？"王子一进来，国王就惊喜地喊道。

　　"为什么不能是我？"新郎官问道。他再三考虑，决定装做什么都不知道。"我曾说过，人总有一天会转运，您还记得吧？当然，我今天来只是想恳求您一件事，能不能让园丁把我窗户外的坑填好，实在太不美观了！"

"当然没问题！"国王吞吞吐吐地说，"你还有其他事吗？"

"没有了，谢谢您！"王子回答道。他鞠了一躬，然后就转身离开了。

仆人砍掉蛇头的一瞬间，公主就彻底从咒语的控制中解脱了。他们夫妻俩生活得非常幸福：白天，他们不是在森林里打猎，就是在小河上泛舟；晚上，公主一边弹琴，一边动情地歌唱。王子有时候也会告诉公主自己国家的事情。一眨眼，几年过去了。

一天晚上，王宫里来了一位衣着打扮非常奇怪的客人，他的脸黑黝黝的，他是来求见王子的。原来，他是王子的母亲派来的信使。信使说，老国王已经去世了，王后想让王子回去继承王位。"王后陛下请您马上带妻子回到埃及。王国局面有些动荡，情况危急。"信使说。

事不宜迟，王子立即去拜见岳父。国王一直认为女婿顶多是个总督，却没想到他竟然是一个大国的王子。他立马派人准备了一艘豪华巨轮，一个星期后就开到了港口，他目送女儿女婿远行。

老国王的去世让王后伤心不已，但是当她看到久别的儿子时，顿时欣喜若狂。为了迎接初次见面的儿媳妇，她一声令下，整个王宫里张灯结彩，热闹非凡。就这样，年轻的王子变成了国王。老国王在世时凶残无道，所以人们对新国王的期望非常高。每天早晨，人们都会到宫里请愿，恳请国王答应他们的各种要求。新国王虽然整日忙于国事，但是他觉得非常开心。直到有一天晚上，忠实的仆人恳求国王允许自己离开，因为他要回故乡。

国王悲伤不已。他说："你真的舍得离开我吗？"仆人也非常痛苦。

"亲爱的主人，如果可以，我希望一辈子守护着您。但是现在我不得不走，因为有人在召唤我，我不敢违抗。"

国王沉默不语。这个忠实的仆人离开后他会怎样，他简直不敢想象。悲伤充满了他的灵魂，

"好吧，我答应你。"他哽咽着说，"你为我付出了一切，自己却一无所有。你想要什么，我都答应。因为如果不是你，我早就死了。"

"如果不是您，我也早就死了。"仆人说，"我其实就是那条红头鱼。"

乌龟上天

从前，东方有一个炎热的国家，那儿有一个美丽如画、清澈见底的小湖泊，一对野鸭就在湖边安家落户了。每天，它俩悠闲地在湖里嬉戏、捕食和游玩。在这个小湖泊里安家的可不只它俩，还有一只乌龟。相比它们，乌龟老多了，很久以前就住在这儿了。两只鸭子丝毫不反感这一邻居，相反，它们彼此还成了亲密无间的朋友，每天在一起游玩，相处得非常融洽。

日子就这样快快乐乐地过去了。一年夏天，这个国家出现了严重的旱灾，一连好几个月没降一滴雨，火辣辣的太阳每日高悬于天空，简直要把地上的一切烤熟。小湖泊的水越来越少了，岸边早已干涸，仅剩一片小淤泥。湖边的睡莲全枯死了，原本婀娜多姿的棕榈树也耷拉着头，变得死气沉沉。原来鸭子能尽情猛扎下潜的深水区，现在也不能猛扎，要不然就一头扎进淤泥了。一天清晨，两只野鸭看着越来越少的湖水，一直私语着，直至夜幕降临。最后，它俩商定要是两天内还不下雨，它们只能离开这个它们栖居多年的小湖，飞到别处安家。尽管这个美丽温馨的小湖有它甜蜜的回忆，令它们依依不舍，可是若强留下来，终有一天会渴死。

第二天醒来后，它们就伸长脖子，焦急地望着天空，就这样张望了几个小时，最后它俩实在累得不行了，脖子都快僵直了，才无奈地低下头，藏在翅膀下，觅一阴凉处睡着了。直到晚上，天空依旧万里无云，繁星如织，无比璀璨，低挂在树梢间，似乎踮着脚，伸直手，就能轻松摘下来。它俩无可奈何地摇了摇头。第二天天一亮，它俩找到好邻居乌龟，把它们拟定好的计划和盘托出，然后向它告别。

乌龟正缩着头，悠然自得地卧在一片枯荷丛里。它太老了，再也没有年轻时那份激情，顶着烈日四处闲逛了。

"嗨！你们能来看我，真是太好了！"看到鸭子夫妇过来，乌龟激动地说，"我真担心再也见不到你们了呢。瞧，湖面越缩越小了，我呢也日渐衰弱了。"

"哦，我亲密的朋友！"公鸭说道，"你心里难受，我们心里也非常难过。可是有些话我们还是非说不可，尽管你听后会更难受。我们不想待在这儿等死，想离开这里，飞到一个凉爽的、有水的地方重新安家落户。我们这次来，就是想同你道别。唉！但凡能挺过去，我们是不会离开这里，更舍不得与你分别。"

乌龟听了，心如刀绞，一种从未有过的绝望袭上心头，好半天没吭声。最后，它噙着泪水，哽咽着说："我们做了这么多年的朋友了，没有你们的陪伴，我该多么孤寂、多么痛苦啊。"

"我们也非常难过，"母鸭说，"可是情况如此糟糕，我们无力改变现状啊！我们不在这儿喝水，你就有更多的水喝了！唉，要不是这样干旱的天气，谁会背井离乡到陌生的地方谋生啊，我们又怎么会和最好的朋友分别呢。"

"哦，我的好邻居！"乌龟说，"水对大家都重要。要是缺水威胁着你们的生命，也一样威胁着我。看在我们多年朝夕为邻的份上，我恳求你们带我离开这儿，别将我扔下！无论去哪儿，都带上我一起上路吧！"

没法再谈下去了，大家面面相觑，无言以对。两只鸭子也不忍心抛下老朋友飞往异地，心里非常痛苦。可是它们却不能答应乌龟的请求，毕竟这是一件想也别想的难事。最后，公鸭说："我的老朋友，我实在不忍心拒绝你。可我们无法带你一起离开啊。你的身体如此臃肿，而腿脚又这么细小，要是我们三个一起步行，跋山涉水，去一个有雨水的地方，我想我们会累死或饿死在途中的。我们只能借助翅膀飞行，才能到达想要去的地方，而你永远也不能飞啊！"

"我的确不能飞，但你们阅历丰富，一定能想出一个好方法！"乌龟诚恳地说，双眼殷切地望着两个朋友。

鸭子夫妇被乌龟诚挚的情谊感动了，它们对乌龟说："容我们好好想想再回答你。"说完，它们向湖心游去，边游边密切地交谈着。乌龟伸长脖子看着它们渐渐远去，巴望着它们早点返回。它无法听到鸭子夫妇在说什么，心急如焚地等待，短短半个小时，它感觉像度过了一生那么漫长。还好，当看到鸭子夫妇向自己游来，不用猜，它们想到了好方法。乌龟的心几乎悬在嗓子上了，当鸭子夫妇来到它面前时，它激动得流下了热泪。

"我们想到了一个绝佳的办法，能带你一起飞行！"公鸭高兴地说，"不过，我得再三叮嘱你，若是你不按我们说的话去做，你将极其危险。"

"我的全部幸福和整个生命都寄托在你们身上了。我怎么会不听你们的话呢？"乌龟激动地说。"快点说，有什么好办法，我保证老老实实地照你们的话去做。"

"那好，我们可以带你高飞，不过你必须牢记我们的要求。当我们飞上高空时，不论你看到或听到什么，你都不能害怕，更不能张口。你要保持沉默，不然就会丢了性命。"

"没问题，我绝对服从你们的安排。"乌龟再三保证说，"不仅是这次飞行，日后有机会再旅行也一样。我对天起誓，绝不害怕，绝不动腿，绝不张嘴，哪怕说一个字。"

事情就这样定了下来。鸭子夫妇立即游开去找工具，找了半天，终于找到一根浮在水面上的树枝。它俩试了一下树枝的硬度和长短，非常合适，当即用睡莲茎丝将树枝缠在自己的脖子上，随后迅速回到乌龟的身边。

"听好了，"公鸭边说，边解开莲丝边将树枝递给乌龟，"你张开嘴牢牢地咬住树枝，无论如何不能松口，我们抓住它的两端，就可以带你飞向天空了。"

乌龟依言而行，死死地咬住树枝的中间部位。鸭子夫妇试了试，旋即拍打着翅膀，带着乌龟飞了出去。

很快，它们飞临一个村庄的上空。村庄的人们看到两只鸭子带着一只乌龟在天空中飞，个个好奇极了，纷纷抬头观看这一奇景，边看还边嚷道：

"快来看啊！这真是世间少有的奇景！两只鸭子竟然带着一只乌龟在天空中飞！我这辈子都没看到过这么稀奇的事！"村民们议论纷纷，个个惊讶无比，以至于男人们忘记了耕田，女人们忘了纺纱。

鸭子夫妇充耳不闻，仍然平静地飞行着。乌龟可不淡定了，起初，它还老老实实地听鸭子的叮嘱，努力保持安静，不害怕、不动弹、不张嘴。可是下面的议论声太刺耳了，那么多的赞美声传到它耳朵里，竟然让它飘飘然起来，心想人们一定在称赞它有非凡的本领，能像鸟儿一样在天上飞吧。乌龟心里别提有多得意了，竟然将野鸭夫妇的再三叮嘱忘了个一干二净，也忘记了此时此刻的险境，只想开口吹嘘一番。可是它一张嘴，一个字还没有吐出来，就从高空直落下来，迅猛地砸在一块岩石上，当场摔得粉身碎骨。

随后，树枝随着它也落了下来，因为野鸭夫妇再不需要了。它们悲哀地望了一下，无可奈何地摇了摇头。

"我就担心这种事发生，结果还是不可避免地发生了。"公鸭说。

"也许乌龟很幸福，这种壮烈的死法，总比待在那个即将干涸的小湖里等死要好得多。"